loqueleo

EMILIANO ZAPATA, UN SOÑADOR CON BIGOTES

Primera edición: 2013

Av. Río Mixcoac 274, piso 4
Col. Acacias, México, D.F., 03240

ISBN: 978-607-01-2853-0

Printed in the United States of America
by Whitehall Printing Company
20 19 18 17   1 2 3 4 5 6 7 8 9

www.loqueleo.santillana.com

Emiliano Zapata, un soñador con bigotes

Guillermo Samperio

Investigación de Juan Carlos Quezadas

Ilustraciones de Rita Basulto

loqueleo

Quizás, con Sandino, Emiliano Zapata ha sido
el revolucionario, el libertador, más desinteresado,
honesto y valiente, pero ambos cayeron en manos
de la traición, a pesar de que ambos no quisieron
sentarse en la silla del poder.

Martín Luis Guzmán

Emiliano I

Cuando Emiliano Zapata tenía 11 años y era nada más un niño, no un héroe que sale en los libros y en los billetes, tampoco tenía respiro.

Y digo tampoco porque desde antes de que empezara la Revolución no paraba. Se me hace que ni siquiera dormía, entre levantar en armas a la gente, proclamar planes de Ayala, fusilar federales, pelearse con los presidentes de la república, recortarse el tupido bigote, consolar a los pobres y, finalmente, caer en emboscadas, no creo que le haya dado tiempo de tomar ni una siesta de vez en cuando.

Y aún ahora, que si Emiliano por aquí, que si su retrato por allá, que si "Tierra y libertad" por un lado y el zapatismo por el otro, todavía no conoce el sosiego.

Ser héroe de tiempo completo debe de ser muy complicado, ¡tantísimas dificultades! A lo mejor por eso es que mueren tan jóvenes. Fíjense nada más, a don Emiliano no le dio tiempo de celebrar su cumpleaños número cuarenta cuando ya había fallecido, pero le habían sucedido muchas más cosas que a mi abuelo, quien tiene 72 y ya se le acabaron las historias que contar cuando no quiero dormirme.

Pero bueno, vayamos entrando en materia:

Lo que quería empezar a platicarles es medio complicado de entender, porque los tiempos cambian y en eso hay que darles la razón a los grandes. Los niños de hoy no tenemos tantas responsabilidades como las que tuvieron nuestros padres y abuelos. Perfectamente nos da tiempo de platicar, pensar en cómo hacer para que el niño más guapo del salón nos saque a bailar en la fiesta del viernes (que ya pudimos planear, por cierto), hablar por teléfono, hacer la tarea cuando no hay nada mejor en que ocuparnos y tantísimas cosas más.

Pero antes, cuando Emiliano era niño, la vida era diferente.

Casi todo tenía que hacerse a mano: nada de abrir la llave y que salga un chorro, había que traerla del río o del ojo de agua; ni imaginarse siquiera oprimir un botoncito y que se prendiera la lámpara; había que conseguir petróleo para el quinqué o cerillos para las velas. ¿Gas? No había, fogón para la comida y encomendarse al dios anticatarro al bañarse. En fin, que había tanto por hacer que los adultos no se daban abasto. Así que los niños tenían muchas obligaciones que cumplir, empezando por mantenerse vivos, lo que, entre la mala alimentación y la falta de medicinas y médicos, no era cosa sencilla.

El padre de Emiliano se llamó Gabriel; la madre, Cleofas, y también tuvieron su historia, pero ésa no se las cuento, sólo les digo que se conocieron, se enamoraron, se casaron, tuvieron hijos y una mañana de agosto, allá en el año de 1879, abrió los ojos por primera vez el pequeño Emiliano.

—¿Ya viste el lunar que tiene encimita del párpado? —preguntó la amorosa y todavía adolorida doña Cleofas.

—¡Cómo no voy a verlo, mujer! Si se le mira casi tan bonito como a ti —contestó el orgullosísimo Gabriel Zapata, quien se sentía como pavorreal porque su hijo le hubiera salido tan guapo.

Y no es que de verdad fuera tan agraciado, sino que ya se sabe que los padres en cuanto ven a sus retoños se llenan de orgullo.

Los Zapata vivían en un pueblo del estado de Morelos llamado Anenecuilco y que tiene un río en medio, para más señas. Así que ya tenemos el escenario de la historia que voy a contarles y que allí comienza.

En Anenecuilco existía una hacienda que tenía por nombre "del Hospital", cuyas tierras ocupaban la mitad del pueblo, gracias a que se las habían "comprado" a sus verdaderos dueños (aunque en realidad se las habían quitado) y era la única fuente de empleo confiable.

La otra mitad del pueblo era ocupada por las casas de los anenecuilenses que, o bien trabajaban en la hacienda (en sus propias tierras que ya no eran suyas) a cambio de

Hospital
Río Anenecuilco
Anenecuilco

un pago que no alcanzaba para nada, o corrían el riesgo de morirse de hambre tratando de sacarle algún retoño a la tierra estéril que tenían en propiedad.

Como ocurre en muchas historias, el río era una figura importantísima porque partía en dos el pueblo, dividiendo las tierras fértiles de las secas. El río también tenía por nombre Anenecuilco.

Muchos anenecuilenses trabajaban en la hacienda, pero don Gabriel decidió que ya había sido suficiente de que les quitaran sus propiedades, por lo que no iba a pasar por la vergüenza de trabajar para otros en los mismos campos que alguna vez habían sido de los que ahora los trabajaban como ajenos.

Gabriel Zapata optó por trabajar por su cuenta, criando animales y labrando el muy poco terreno que pudo rescatar.

"Para ganarse el pan, antes hay que sudarlo en el surco y en el cerro", decía don Gabriel todas las mañanas con su vozarrón, y allá tenían que ir los miembros de la familia Zapata a sembrar maíz o pastorear animales antes de poder pasar a la mesa.

El carácter de Emiliano era una mezcla del orgullo de Gabriel, la fortaleza de Cleofas y el hambre que sintieron él, sus hermanos y sus conocidos en muchas malas épocas.

En el patio de mi casa había una higuera. Cuando era muy niña me encantaba treparme al árbol a cortar los frutos maduros.

Tanto me gustaban que no me importaba quemarme las manos, los brazos y las piernas con esa sustancia lechosa que les sale al cortarlos y que pica como si un regimiento de moscos te hubiera atacado, sobre todo si te rascas. Pero tanto me divertía encaramarme en una rama a comer y comer que un día me empaché (no sé bien cómo explicar este verbo, la cuestión es que vomitaba y vomitaba y sólo me curé cuando una señora me sobó la espalda y me alivió el empacho).

Todo lo anterior viene a cuento porque Emiliano como que se "empachó" de ver cómo toda la gente que lo rodeaba se pasaba un día tras otro trabaje y trabaje, con las manos callosas y la piel tostada por el sol, para no conseguir más que la comida del día, si bien les iba.

Yo pienso que por eso le nació ese lema de que "La tierra es de quien la trabaja". Emiliano no pedía demasiado, tierra de donde sacar la comida y libertad para hacer con su vida lo que él quisiera y no lo que dijera el patrón.

Pequeña explicación

Antes de continuar, es necesario explicar lo que es un oráculo.

El oráculo era una práctica que las personas de tiempos remotos realizaban; creían que se trataba de la voz de sus dioses que les aconsejaban. Podía tratarse de una piedra, un edificio, una estatua o una persona. El caso es que muchísima gente, reyes y poderosos incluidos, ordenaban su vida de acuerdo con lo que el oráculo decía que iba a suceder.

Jugando al oráculo nos vamos a 1909, cuando Emiliano se convirtió en el más joven de todos los viejos.

Oráculo I

"Cuando los métodos establecidos fallan tan escandalosamente, hay que inventar otros nuevos que se adapten mejor."

Digo esto porque en Anenecuilco, en Morelos y en muchos lugares de la República Mexicana sucedió eso: la gente ya no estaba a gusto con la forma de vida que los hacendados les obligaban a llevar, así que idearon una revolución para cambiar lo que ellos consideraban estaba mal hecho.

Una de las cosas que no funcionaba era el asunto de la repartición de la tierra. Era una verdadera injusticia, una gran muestra de abuso, que a los campesinos les fuera arrebatado su pedazo de campo donde sembrar.

Frente a lo ingenuo que hubiera sido esperar a que el gobierno decidiera ponerle remedio al mal, los habitantes de Anenecuilco (y de muchos lugares más) decidieron que, puesto que las autoridades no estaban cumpliendo con aquello de "velar por el bienestar", tendrían que actuar a su manera.

Los anenecuilenses eran gente muy lista, así que optaron por elegir a los más sabios de entre ellos para que los representaran en sus peticiones ante el gobierno: los ancianos.

A veces se cree que la inteligencia es cuestión de calendarios: pasa alguien de los 70 y pareciera que se vuelve torpe; no tenemos aún 18 y lo mismo. Pero no es así.

En el caso de los anenecuilenses esto no sucedía, ellos sí supieron darle a los ancianos esa calidad, si no de sabios, al menos de personas de mucha visión. Así como los viajes ilustran, los ojos que han visto tanto tienden a abrirse para ver más allá de lo que hay por encima.

El Consejo de Ancianos de Anenecuilco, por el año de 1906, organizó, junto con el Consejo de otro pueblo llamado Villa de Ayala, un Comité que fuera a hablar con el gobernador del estado de Morelos, para que convenciera a los dueños de la Hacienda del Hospital de devolver a sus verdaderos dueños las tierras que antes les habían quitado.

Oficios con seis copias fueron, matasellos de colores vinieron, juntas y más juntas sucedieron y no ocurrió nada, como quien dice, nomás les dieron atole con el dedo.

Entre todos los ancianos del Comité había un solo joven armando mucho alboroto. ¿Adivinan de quién se trataba?, claro, de Emiliano, quien por esas fechas andaba por los 30 años y era no únicamente un hombre fuerte y valiente, sino también un ser de una inteligencia, una bondad y un sentido de la justicia inquebrantables.

Desde niño se le notaban, pero esas habilidades se le fueron haciendo cada vez más grandes, al igual que su bigote.

—¿Y ahora qué hacemos, Emiliano? —preguntó un día con desaliento uno de los viejos después de recibir la rotunda negativa del gobernador.

—Pues seguirle. Ni modo de echarnos para atrás. Si el gobernador no quiere oír razones, pues ya hallaremos a alguien con las orejas más abiertas —contestó Emiliano sin quitarse de la boca el puro de las grandes ocasiones.

—Te cabe razón, hijo, pero mientras, ¿qué hacemos? —respondió el anciano.

—Pues nos vamos a mi casa a tomarnos un café bien negro, a ver si con eso se nos ocurre algo, y si no se nos ocurre, cuando menos nos echamos unos taquitos de jumiles —dijo Emiliano sonriendo por primera vez en todo el día.

Tengo que decirles que la voz de Emiliano sonaba como tormenta cuando estaba enojado, a río cuando no y a trueno al pegar un grito. Era parco de palabras pero abundantísimo de ideas. Su sentido de la justicia comenzaba y terminaba siempre en él y abarcaba todo aquello que quedara dentro de lo posible y un poquito más. Era el hombre más respetado de aquellas tierras.

Así, una mañana de 1909 Emiliano no se puso su ropa de labores, sino que se vistió con su traje de gala, el negro de charro bien plantado, con su cinto piteado y el pañuelo de seda bien anudado en el cuello. Se caló el mejor de sus sombreros, escogió el más oloroso de sus puros y listo, ¡ni en su boda se había visto tan elegante! Pero la ocasión no ameritaba menos. En la plaza de Anenecuilco lo esperaba el Consejo de Ancianos, quienes se quitaron el sombrero al verlo llegar en su caballo y con su familia a un lado de él. Al llegar comenzó la ceremonia: primero le entregaron los documentos de la comunidad; luego los viejos pusieron en sus manos las llaves del pueblo; finalmente le dieron noticia formal de que Anenecuilco decidió que en él, en Emiliano Zapata, podía caber perfectamente la esperanza que entre todos lograron reunir. Lo hicieron su representante, lo nombraron el más joven del Consejo de Ancianos. Emiliano supo de la confianza y sus responsabilidades esa tarde y ya nunca más podría olvidarlo. Esa noche y durante el resto de su vida durmió con la conciencia tranquila de los que hacen el bien, pero también con el sueño ligero de los que llevan sobre sus espaldas la carga más importante que se le pueda encomendar a un hombre: la fe de los otros.

Y Emiliano no se echó para atrás, al contrario, desde ese momento tomó la determinación de que, si era necesario, dejaría la vida en el intento de no defraudar a quienes confiaron en él entregándole no sólo unas llaves sin cerradura y unos papeles, sino también la esperanza de una mejor vida para ellos y para sus hijos.

Emiliano II

Además de ir a la escuela y de enseñarle las letras a sus hermanos con el Silabario de San Miguel, el niño Zapata tenía que desgranar mazorcas, trenzar reatas, desvainar frijoles, cortar leña, bajar al río a llenar los cántaros, hacer los mandados y lo que se fuera ofreciendo, por lo que el tiempo para los juegos era más bien reducido. Pero como uno se adapta a todo, Emiliano encontró la mejor manera de divertirse mezclando los trabajos y el placer, es decir, con los caballos y los perros.

El Negro llegó un día a casa de los Zapata y ninguno de los vecinos pudo dar razón de dónde había salido esa miniatura de perro que apenas podía sostenerse en pie y que en vez de ladrar daba grititos.

Eufemio, el hermano consentido del revolucionario, y el propio Emiliano adoptaron al cachorro en cuanto lo vieron, y no hubo necesidad de buscarle nombre, porque estaba más claro que el agua, más bien, más negro que el café de las mañanas.

Desde su entrada a la casa, el perrito se convirtió en compañero de aventuras (reales y también imaginarias), juegos e incluso trabajos, y no es que el Negro fuera muy útil en eso de limpiar letrinas, pero solía permanecer al lado de sus dueños, sentadito y muy serio, con cara de estar haciendo un gran esfuerzo por no irse a dormir en vez de estar pasando esas aburriciones.

Cuando el Negro, Emiliano y Eufemio crecieron lo suficiente, comenzaron a acompañar a don Gabriel cuando iba al cerro en busca de caballos salvajes para amaestrarlos y luego venderlos ya domesticados.

Emiliano desde el principio demostró su buena mano, firme pero cariñosa como hacía falta, para convencer a esos animales salvajes de dejarse poner una silla de montar sobre sus lomos que no conocían más peso que el del agua de lluvia.

A los 12 años, cuando comienza de verdad esta historia, sucedieron dos hechos trascendentales en la vida de Emiliano: tuvo su primer caballo, el Colorado, y se enamoró perdidamente de Lola, quien, para su fortuna, le correspondía.

Viéndolo desde fuera, cualquiera pensaría que no podía haber felicidad más completa para un niño de cualquier lugar en el universo: ¡a los 12 años y ya con caballo y con novia!, sin embargo no era así.

Lola era la hija de los dueños de la Hacienda del Hospital.

Oráculo II

La historia de un caballerango que nunca cuajó

Yo creo que fue después del lío de las tierras de Anenecuilco cuando a Zapata se le metió el gusanito revolucionario que no habría de abandonarlo jamás.

Sin embargo, nunca sabremos lo que hubiera pasado con el rumbo de la Revolución Mexicana si en Emiliano hubieran cuajado otras posibles formas de vida.

Es curioso pensar estas cosas: un encuentro inesperado, un caballo desbocado que atropella a nuestro abuelo, una lluvia en el momento menos indicado y, ¡pum!, nuestra realidad sería completamente distinta.

En la vida, como en las camisas, existe un revés que nunca solemos tomar en cuenta.

Y es que cuando uno revisa las vidas de las personas famosas le da por imaginar que desde muy chiquitas tenían la idea de dedicarse a eso que las catapultó a la fama. Yo creo que parte de esto es cierto, y parte no.

Pensemos si cuando Victoriano Huerta era niño y alguien le preguntaba qué quería hacer en el futuro, respondía: “Yo de grande quiero ser traidor a la Patria”. O si Porfirio Díaz niño contestaba muy feliz: “Yo voy a ser dictador y voy a quedarme en el poder por muchos años”.

Lo mismo le pasaba al joven-niño Emiliano Zapata, él ha de haber querido ser muchas cosas antes de convertirse en un revolucionario de tiempo completo. Tal vez quiso ser campesino, ganadero o hasta dueño de un negocio, quién sabe. El caso es que un poco porque Zapata ya traía el carácter y otro poco porque la vida lo fue colocando en lugares en donde hacía falta, a Emiliano no le quedó otra que abrazar las causas de los desposeídos.

Pero como les decía, antes de entrarle de lleno a la Revolución, el destino le ofreció a nuestro amigo algunos caminos diferentes. Insignificantes rumbos que, sin embargo, de seguirlos, hubieran cambiado el rumbo de la historia de México.

El 11 de febrero de 1910, en Cuernavaca, Emiliano se enrola en el noveno regimiento del ejército. ¡Imagínense nada más! Zapata se integraba al ejército contra el que muy pronto habría de enfrentar feroces batallas. Por eso les digo que a veces al destino le gusta hacernos extrañas jugadas.

Sin embargo, la vida de Emiliano en el ejército mexicano no habría de prolongarse por mucho tiempo, ya que el 18 de marzo de ese mismo año fue dado de baja de la milicia por influencia de Ignacio de la Torre, dueño de la Hacienda de Tenextepango, quien se lo llevó allí para que fuera el encargado de cuidar a sus caballos. Es decir que Emiliano no duró ni cuarenta días en el ejército federal.

Como ya les había platicado, a nuestro héroe le encantaba todo lo relacionado con el mundo de los caballos. Yo creo que tenía como un sexto sentido con estos animales, porque era cosa de que se le quedara viendo a los ojos al más brioso corcel, para que éste se quedara como hipnotizado y cumpliera todas y cada una de las órdenes de Zapata.

Sin embargo, la vida en la hacienda no hacía del todo feliz al joven Emiliano, por lo que su trabajo como caballerango tan sólo se prolongó por unos cuantos meses: a mediados de ese mismo año (1910, que no se les olvide) regresó a vivir a su querido Anenecuilco. Ésta quizá fue la última época más o menos tranquila de la vida del también llamado Caudillo del Sur.

A principios del año 1911, Francisco I. Madero andaba en campaña presidencial. No obstante, Zapata permanecía alejado del futuro presidente, aunque cuando Madero promulgó el Plan de San Luis, en el que se pugnaba por regresar las tierras a las comunidades que habían sido despojadas de sus parcelas, Emiliano decidió apoyarlo incondicionalmente.

Zapata y algunos de sus compañeros de lucha realizaron una reunión secreta para ver cómo podían ayudar a Madero, y después de darle muchas vueltas al asunto, convinieron que lo mejor sería enviar a un representante para que hablara directamente con él. Decidieron que el hombre adecuado para esta difícil misión sería Pablo Torres Burgos.

Y es que en esa época el país vivía días de inestabilidad que hacía las cosas muy complicadas: todos vigilaban a todos y no era fácil salir del país o viajar mucho sin despertar sospechas.

Afortunadamente para la causa zapatista, Pablo Torres pudo llegar sin muchos contratiempos hasta San Antonio, Texas, que era el sitio en donde Francisco I. Madero tenía su base de operaciones, y en esa reunión se acordó crear una fuerza maderista.

De esta forma, el 10 de marzo de 1911, en la población de Villa de Ayala, contando únicamente con una guerrilla de setenta valientes, Emiliano Zapata y sus hombres se proclamaron en rebelión contra las fuerzas de Porfirio Díaz. Aunque hay que aclarar que en ese momento el jefe de los alzados era Pablo Torres.

Una de las primeras acciones del grupo rebelde fue la toma del poblado de Jojutla. Sin embargo, no todo fue miel sobre hojuelas para las fuerzas rebeldes, ya que en uno de los primeros combates, precisamente a las afueras de Villa de Ayala, Pablo Torres y sus hijos fueron asesinados por las fuerzas federales.

Hasta ese momento la lucha de la guerrilla había resultado muy complicada: los soldados porfiristas eran más numerosos y contaban con mejores armas, mientras que la moral de los alzados andaba muy mal debido a las recientes bajas. Parecía que en cualquier momento todo el esfuerzo podía venirse abajo.

—¡Ustedes nomás aguanten! Ya verán que muy pronto empieza a cambiar el rumbo del viento —clamaba el Caudillo del Sur alrededor del fuego, mientras a lo lejos se escuchaba el estallar de las carabinas.

De esta forma, tal y como lo había predicho Emiliano, las cosas empezaron a cambiar cuando el 29 de marzo asumió el mando de las fuerzas maderistas y su liderazgo de inmediato empezó a rendir frutos: se tomó el poblado de Axochiapan y también se realizó el asalto a la Hacienda de Chinameca.

En nuestros días, éstos podrían parecer pequeños triunfos sin importancia, pero en ese momento representaron agua fresca para la confianza de los revolucionarios.

Y es que Emiliano Zapata era un gran estratega para los combates y además conocía esas zonas de Morelos como la palma de su mano, por lo que empezó a darle gran batalla a las fuerzas federales, que lo comenzaron a ver como a un enemigo de cuidado y respeto, y no como a un loco revoltoso, como lo catalogaban al principio de su aventura.

Los primeros días de mayo, después de duros enfrentamientos, los zapatistas tomaron el pueblo de Jonacatepec, para de allí continuar hasta la ciudad de Cuautla, en donde se llevó a cabo uno de los primeros triunfos de renombre de las fuerzas rebeldes, porque no era lo mismo ir tomando pequeños poblados y rancherías, que una ciudad tan importante como ésa.

Las fuerzas federales, sabiendo que Cuautla era un enclave (es decir, un territorio importante dentro de otro territorio) estratégico, mandaron hasta esa ciudad al Quinto Regimiento de Oro, uno de los grupos más importantes del ejército, y que además estaba al mando del coronel Eutiquio Murguía, famoso por sus conocimientos de campaña y por ser gente de confianza de Porfirio Díaz.

Además el coronel Eutiquio no estaba solo, contaba con el decidido apoyo del Cuerpo de Rurales y, por si fuera poco, con la policía municipal. Total que en Cuautla estaba todo dispuesto para darle una "gran bienvenida" a las fuerzas maderistas.

Preparándose para el combate, igual que una pantera antes de la cacería, Emiliano Zapata estableció su cuartel general en el poblado de Cuautlixco, y cuando sintió que era el momento preciso para el ataque, se lanzó con valor en busca del triunfo.

Cuentan los que estuvieron allí que fue una verdadera batalla sin cuartel. Tanto de un lado como del otro, caían hombres en la lucha. Los zapatistas avanzaban por la noche, pero las fuerzas federales los hacían replegarse en el día.

Algunos rebeldes que perdieron sus armas por lo duro de la pelea tuvieron, en muchos casos, que luchar con machetes, e incluso a mano limpia, contra las fuerzas porfiristas.

No hubo un solo centímetro en toda la ciudad de Cuautla que no fuera peleado con fiereza, ya fuera por uno u otro bando. Para las fuerzas rebeldes no había tiempo ni de comer, mucho menos de dormir, había que estar pegado a la carabina, peleando duro en contra del enemigo.

Y así, con el alto precio de la sangre derramada como cuota, después de seis días de fuego cruzado, el ejército comandado por Zapata logró imponer su ley, y de esta manera el último reducto de Porfirio Díaz dentro del estado de Morelos cayó en manos de las huestes revolucionarias.

Seguramente se preguntarán, ¿y qué pasó con Cuernavaca, ciudad que es todavía más importante que Cuautla? Pues pasó que los "valientes" comandos federales, al darse cuenta de que el ejército de Emiliano Zapata representaba un rival de cuidado que podría acabar con sus vidas, decidieron abandonar la ciudad de la eterna primavera, porque reconocían que sería muy difícil enfrentar a los alzados.

De esta forma, el 27 de mayo de 1911, Emiliano Zapata entró triunfante al lado de cinco mil hombres a la ciudad de Cuernavaca, mientras que Porfirio Díaz, después de 34 años aferrado al poder, tuvo que salir del país, a bordo de un barco llamado *Ipiranga*, porque su mandato era insostenible. Con este hecho fundamental, uno de los primeros objetivos de la Revolución se había conseguido.

Emiliano III

Emiliano tenía pesadillas, no todo el tiempo ni todas las noches, pero eran crueles y no podía defenderse contra ellas.

Era imposible que "todo un hombre" de 14 años corriera a refugiarse a los brazos de su madre. Tampoco tenía el consuelo de despertarse en medio de aquellos espantosos delirios y decirse a sí mismo: "ya pasó, ya pasó, tan sólo se trató de un mal sueño". Las pesadillas de Emiliano eran una mezcla exacta de su realidad y sus recuerdos.

Emiliano soñaba con campesinos asesinados; con restos de jacales incendiados por culpa del odio, el rencor y, sobre todo, la ambición; con alaridos que parecían salidos de las entrañas de la tierra, o mejor dicho, del fondo del infierno; y con su padre, siempre Gabriel Zapata de invitado en los horrores nocturnos de su hijo: su padre sentado sobre una piedra llorando como un indefenso bebé.

—¿Qué le pasa, papá? —preguntaba cada vez que la pesadilla se presentaba.

—Estos canijos nos están quitando todo a la mala, hijo. Y yo no puedo hacer nada —contestaba, también en sueños, don Gabriel.

—No se me apure, papá. Cuando crezca yo le devuelvo todo lo que le han robado esos condenados. Ya lo verá, como que me llamo Emiliano Zapata.

Pero lo que más lo atormentaba no era el suplicio repetido muchas noches, sino el horror de verlo confirmado todas las mañanas: el asesinato por hambre también cuenta, y de eso se estaban muriendo los anenecuilenses.

Pero la historia de Emiliano también tuvo momentos agradables. Como aquellas serenas tardes de aventar piedras al río al lado de su hermano Eufemio y de Chico. ¿Pero quién era Chico?

Chico se llamaba en realidad Francisco y era el mejor amigo de Emiliano. Se conocieron de pequeños y ninguno de los dos recordaba cuándo. A lo mejor se hicieron mutua compañía cuando sus madres se pusieron a lavar ropa en el río donde ellos aventaban piedras, quizás en la iglesia, tal vez se encontraron jugando debajo de las mesas en alguna de las innumerables fiestas del pueblo (porque en Anenecuilco eran pobres, pero muy fiesteros).

El caso es que con el paso de los años y de las miles de historias compartidas, las fechas y los sucesos comenzaron a ser recuerdos mutuos, aun cuando no los hubieran vivido juntos.

—¿Te acuerdas de la lagartijota que maté con el charpe?

(El charpe es una resortera.)

—La lagartijota la maté yo.

—Sí, cómo no.

Chico fue el primero en quitarle la "E" al nombre de su amigo; fue el primero en decirle Miliano y ya luego se hizo tan común que no había nadie que lo llamara por su nombre original.

Eran igualitos, pero también completamente diferentes, tal como siempre sucede con esos amigos que permanecen a nuestro lado durante mucho tiempo: los dos manejaban la reata a la perfección desde muy pequeños; ambos gozaban con la música, los dos tuvieron siempre un sexto sentido paternal que los obligaba a cuidarse mutuamente, y si ellos se cuidaban entre sí, con mayor razón cuando se trataba de ayudar a un desprotegido.

Y aquí vienen las diferencias: dijimos que les gustaba la música, pero la disfrutaban de manera diferente, mientras que Chico se soltaba bailando desde el primer acorde, Emiliano prefería cantar por dentro, no porque fuera tímido, sino que más bien como que sentía hacia adentro.

Supongo que de esa diferencia principal se derivaban las otras, Chico era para afuera, Miliano para sí mismo, celebraba los gustos por todo lo alto, pero siempre con cara de "andar de malas", pero a la larga eso era bueno en ese pueblo donde muchas de las tristezas luchaban día y noche por derrotar a las carcajadas.

Y es que nadie podía notar cuando Emiliano estaba triste, conservaba el mismo gesto siempre. Fíjense lo que son las cosas, ese rasgo de su personalidad que podría confundirse con malhumor permanente se debía, sobre todas las cosas, a su bondad infinita: trataba de evitar que sus padres se preocuparan si lo veían triste. He aquí la historia y la razón:

Cuando Emiliano tenía seis años hizo un berrinche de antología porque era su cumpleaños, y como en el cumpleaños de Chico le habían dado de regalo una gran comida con carne de puerco en salsa verde y con verdolagas (el platillo preferido de los dos), Miliano esperaba que también en el suyo sus padres hicieran lo mismo.

Pero no hubo manera, la sequía había arrasado con todo, y el dinero de los Zapata no alcanzaba más que para un cuartillo de frijol y dos de maíz al día. Ni hablar de los tomates para la salsa verde y mucho menos para la carne.

Al ver que lo único de particular que tenía el plato de aquel cumpleaños era que en vez de cuatro tortillas le habían puesto tres, Miliano se soltó a berrear como chivito recién nacido.

De nada sirvió que sus padres lo abrazaran, lo felicitaran y que don Gabriel le hubiera fabricado un corralito hecho con varas de huisache y cordones amarrados; de nada los mimos de doña Cleofas, él quería su carne de puerco.

—Pero, hijo, ahora que vendamos al becerro te compro tu comida que quieres —decía el angustiado don Gabriel.

—No, la quiero hoy —contestaba Miliano.

—Pero, hijito, no hay con qué —agregaba doña Cleofas tratando de abrazarlo.

—¡No! —gritó y luego salió corriendo de su casa.

Al regresar estaba todavía tan enojado que prefirió no hacer ruido para que no se dieran cuenta de su presencia, así pudo escuchar, antes de entrar en el jacalito, cómo doña Cleofas lloraba y don Gabriel trataba de consolarla:

—¡Tanta pobreza! —era lo único que alcanzaba a decir la señora entre sollozos.

—Mire, mujer, mejor pobres que indignos —decía en voz baja don Gabriel.

—¿Y de qué me sirve eso si mis chamacos lloran de hambre?

El señor de la casa ya no supo qué contestar. Miliano, desde fuera, adivinó que también su padre comenzaba a derramar algunas lágrimas.

Y más se enojó, pero esta vez de manera diferente. Ahora se disgustó contra sí mismo por haber puesto tan tristes a sus padres, sobre todo se odió por haber tenido la culpa de que Gabriel Zapata, el fuerte, uno de los hombres más respetados del pueblo, quien siempre tenía la certeza de estar haciendo lo correcto, dudara de sus convicciones; quería morirse de la vergüenza por haber hecho llorar a su padre.

A partir de aquel día Emiliano usó la misma cara todos los días, fueran grises o soleados. Pero ahí no paró este asunto.

Imaginen ahora a un niño de seis años con cara de estar haciendo la tarea más importante del mundo mientras corta verdolagas de los campos cercanos al río. Claro, también arranca otras yerbas, muchas de ellas le pican las manos, pero a él no le importa, sigue y sigue hasta que el morral fabricado con su camisa está lleno.

Así, sin camisa y con su cargamento, vuelve a presentarse en su casa, pero esta vez no lo hace en silencio, al contrario, va haciendo mucho ruido para que sus padres se enteren de que llegó, para que se limpien la cara con la manga antes de que él entre, para que puedan esconder esa tristeza que, seguramente, no quieren dejarle ver.

—Mire, mamá, lo que le traigo, ya nomás nos faltan los tomates —dice Miliano y suelta su carga junto al fogón.

—¡Hijo! ¿De dónde las sacaste? —pregunta doña Cleofas.

—Pues de por ahí —responde el niño.

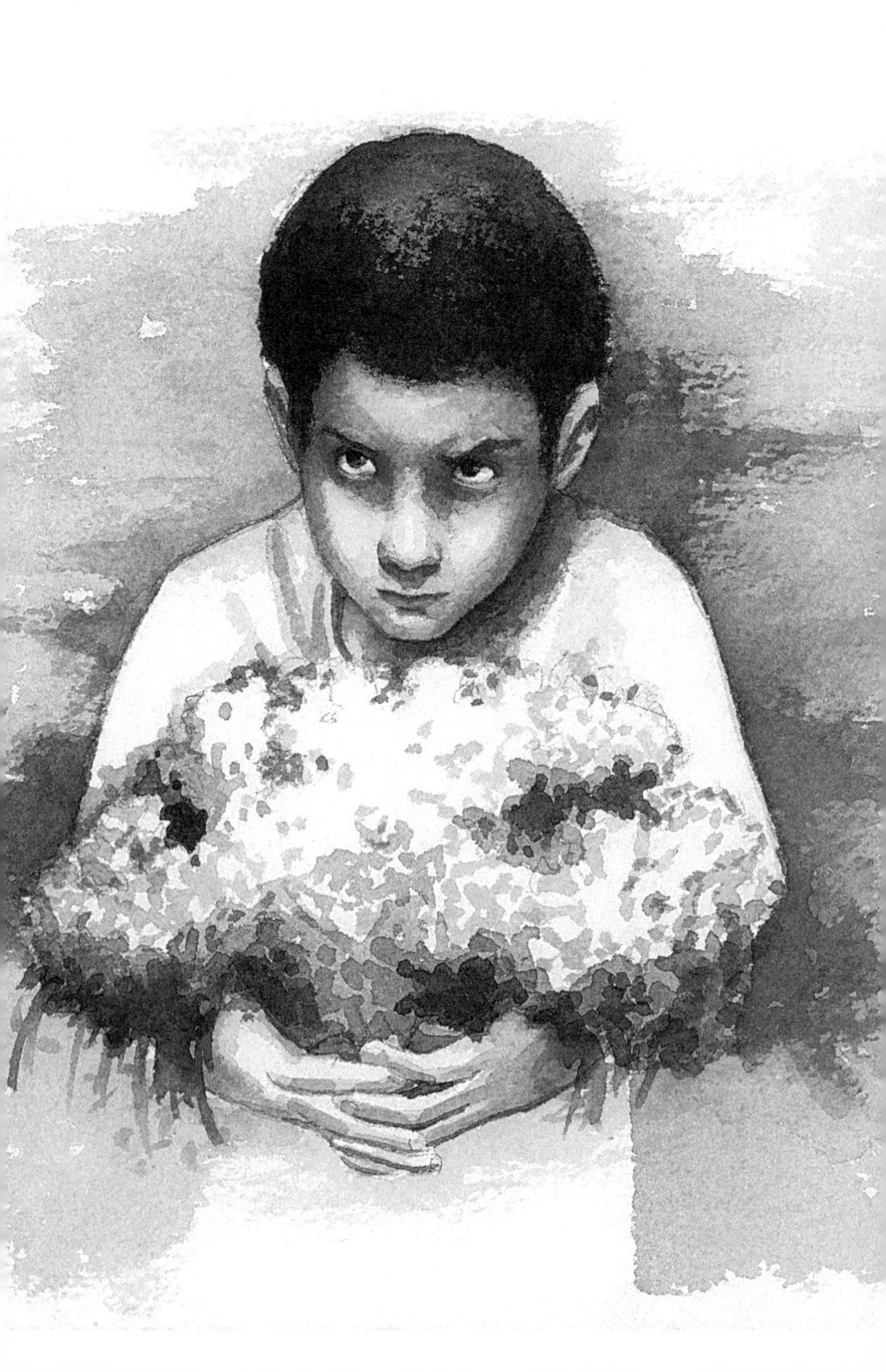

—Pero nos hace falta la carne, hijo —dice aún triste la madre.

—No, hombre, los frijolitos con verdolagas han de saber muy sabrosos, eso es lo que quiero de regalo.

Oráculo III

La crónica de una mecha encendida y un traidor en el horizonte

Si se fijaron bien, habrán notado que en nuestra pasada visita al oráculo mencionamos que el 10 de marzo de 1911 Zapata contaba, únicamente, con setenta compañeros de lucha, pero al final de ese capítulo, es decir, después del Sitio de Cuautla, en mayo de ese mismo año ya eran más de cinco mil los hombres que se habían sumado al ejército zapatista.

Y esa simpatía que diariamente iba ganando el movimiento se debía, en gran medida, al liderazgo ejercido por Emiliano, y al mismo tiempo a que los ideales que impulsaban la revuelta eran, efectivamente, los ideales del pueblo.

La mecha de la Revolución Mexicana estaba ya encendida y no había forma de apagarla.

Pero no había que conformarse con pequeños logros, se debía pensar en grande: lograr que el movimiento se enraizara en todo el país.

Así que una vez que el estado de Morelos quedó bajo su control, Zapata se dio cuenta de que se necesitaban realizar muchas acciones para restablecer el orden en la entidad y de esta forma cimentar la lucha que debía extenderse por todo el país. Así que apoyándose en dos personas de su entera confianza hizo todo lo necesario para que Morelos fuera una tierra ciento por ciento zapatista.

Por un lado nombró a Teófano Jiménez como presidente del Consejo Municipal, y por el otro a Fumencio Palacios como Inspector en Jefe de la Policía.

De este modo, dos puestos clave dentro del funcionamiento del gobierno del estado quedaban bajo su influencia.

Sin embargo, Zapata no contaba con que gracias a los Tratados de Ciudad Juárez, firmados el 2 de junio, el nuevo gobierno federal había nombrado al, hasta ese día, gerente del Banco de Morelos, Juan Nepomuceno Carreón, como gobernador provisional del estado.

Vean nada más qué injusticia: lo hombres de Zapata jugándose el pellejo en contra de las temibles fuerzas porfiristas, y una vez que logran vencerlas y derrocar al casi eterno dictador, viene gente cercana a Francisco I. Madero a decir quién ha de gobernar el estado.

—¡Pues éstos qué se están creyendo! Me voy ahora mismo a la capital para hablar con Madero y solucionar esta injusticia —dijo Emiliano cuando se enteró de todo.

Y así lo hizo. El 6 de junio se apersonó, junto con algunos de sus jefes, en la mismísima casa del futuro presidente de México.

Yo creo que en esa reunión no les alcanzó el tiempo para tanta plática y para tanto regaño, ya que al día siguiente se volvieron a reunir para desayunar, y entonces lograron ponerse de acuerdo.

—Pues yo quiero que sus hombres ya dejen las armas, la hora de la democracia ha llegado a nuestro país —propuso Madero.

—Pues si es cosa de andar pidiendo, yo quiero que nos devuelvan las tierras que han sido nuestras desde siempre —pidió Zapata.

—Ahorita tengo ciertas ocupaciones, pero nada más terminándolas me voy para Cuernavaca para que todo esto sea una grata realidad.

—Allí lo estaremos esperando —contestó Emiliano, antes de fundirse en un abrazo con su amigo.

¿Cuántas veces en la historia de nuestro país nos habremos quedado en ese "ya merito", en ese "ahorita nomás, espéreme tantito"? Todo parece estar a unas horas de solucionarse y, ¡zas!, quién sabe qué pasa, pero de pronto se nos cae el teatrito, y el triunfo, que se veía tan cerca, se nos desvanece en las manos.

Total que el 12 de junio Madero llegó a Cuernavaca para solucionar el asunto del gobernador provisional. Zapata, quien además de ser un magnífico revolucionario era un gran anfitrión, lo fue a recibir a la estación de trenes, en donde le preparó una bienvenida por todo lo alto: músicos por aquí, pancartas por allá, en fin, aquello fue una fiesta.

De la estación de trenes la comitiva se fue directamente al Palacio de Cortés, que era en donde el gobernador Juan N. Carreón tenía su despacho.

Madero ejercía gran influencia sobre este personaje, así que no sería complicado convencerlo de dejar su puesto a alguien de las confianzas de los zapatistas.

Claro que en esta vida todo tiene un precio, y el que tuvieron que pagar las fuerzas comandadas por Emiliano era el de licenciarse, es decir, abandonar la lucha armada confiando en que Madero, a través del diálogo, pudiera solucionar los problemas del país.

Era riesgoso desarmarse, pero Zapata creía firmemente que aquél era un buen trato ya que suponía, al igual que Francisco I. Madero, que los tiempos violentos eran cosa del pasado.

Los que no estaban muy contentos con la idea de cambiar de gobernador eran un nutrido grupo de hacendados morelenses, quienes sabían que si Zapata lograba su cometido de filtrar en el gobierno estatal a alguien con sus mismas ideas, los días del latifundio y el sometimiento de los campesinos estaban contados.

Así que jugaron todas sus cartas en favor de una gigantesca campaña de desprestigio en contra del Caudillo del Sur. Desde diferentes trincheras se encargaron de ir sembrando intrigas que ponían muy mal a Zapata.

Lo acusaron de ser un asesino desalmado; aseguraban que no era más que el dirigente de un grupo de bandoleros que no tenían más objetivo en la vida que ir sembrando el pánico por los lugares por donde iban pasando, y que detrás de sus supuestas buenas intenciones venían escondidos tiempos de ruina para la república entera.

Un periódico llamado *El Imparcial* fue el que más esfuerzos hizo por desprestigiar la figura del Caudillo del Sur.

Aquí les va un pequeño botón de muestra para que vean cómo pintaban las cosas: mientras que en el estado de Morelos las fuerzas zapatistas comenzaban a licenciarse entregando más de tres mil quinientas armas, desde las "imparciales" páginas del susodicho pasquín se anunciaba a ocho columnas que Emiliano Zapata y sus hombres se habían vuelto a levantar en armas.

Ante aquella injusticia que ponía en juego la honestidad de todo el movimiento, a Emiliano no le quedó más remedio que regresar a la ciudad de México para poner las cosas en claro.

Así que el 24 de junio, junto con su hermano Eufemio y unos cuantos hombres de confianza, se entrevistó con Madero para informarle que el licenciamiento de las tropas zapatistas era ya una realidad y para pedirle una cita con Francisco León de la Barra, quien en ese entonces era el presidente del país.

La reunión con el presidente no pudo concretarse, sin embargo Madero le aseguró a Zapata que todo iba por muy buen camino:

—Querido amigo, usted no se preocupe. El señor presidente no hace caso a los rumores de los hacendados. Sabe que usted es hombre de ley. Siga licenciando a sus muchachos y ya verá que muy pronto todo se arregla.

—Yo me regreso a Morelos. Pero recuerde que es importante que nos devuelvan estas tierras que legítimamente nos pertenecen, y que también urge el nombramiento del nuevo gobernador.

Madero repitió lo mismo de la anterior entrevista. Y las cosas positivas para el país quedaron enterradas en el campo de las buenas intenciones.

Así, participando en un juego de enredos, se la pasaron por un buen tiempo los protagonistas de esta historia: los hacendados moviendo todas sus influencias para que a Emiliano se le hiciera la vida de cuadritos; Zapata exigiéndole a Madero una rápida solución a los conflictos que enfrentaba su estado; y Madero, por su parte, haciendo promesas continuas de que todo se arreglaría muy, pero muy pronto.

El caso es que mientras se llevaba a cabo este juego, el presidente interino Francisco León de la Barra giraba instrucciones para que Victoriano Huerta se fuera al estado de Morelos para arreglar de una vez la desaparición de las fuerzas zapatistas, porque, según sus palabras, "mi gobierno, por muy provisional que sea, no va a tratar jamás con bandidos".

Desgraciadamente para Emiliano Zapata y para Francisco I. Madero, a Victoriano Huerta no le gustaban los juegos.

Emiliano IV

Chico y Miliano tenían la sanísima costumbre de organizar competencias en el río: nado, tiro de piedra, salto con reata amarrada de un árbol... bueno, un día que de plano nada de lo anterior podía hacerse, se inventaron el torneo "el trompo que aprendió a nadar", por supuesto que nadie lo logró, pero se divirtieron lo mismo.

Así que entre los torneos y la planeación de éstos, Emiliano y su amigo se pasaban en el río la mayor parte de sus ratos libres (pocos, pero tenían algunos). En una de esas competencias conocieron a Lola.

Claro, era de esperarse que la hija de un hacendado no iba a juntarse con los hijos de los peones, por lo que la amistad entre ellos era más o menos imposible.

Pero resulta que la nana de Lola era una anenecuilense bastante desfachatada que solía pasar por alto las prohibiciones, haciendo lo que le daba la gana.

Nadie entiende cómo es que la aguantaban. Era curandera, guisaba muy sabroso y era tierna con los niños, aunque también muy rezongona.

Edelmira era el nombre de esta buena mujer y la llamaban Edel de cariño, pero todo el mundo la conocía por la Yaya. Y aunque tenía más que prohibido sacar a los niños de la hacienda, lo hacía, no demasiado lejos, al menos no antes de que comenzara nuestra historia.

Lola era una niña enfermiza, a cada dos por tres estaba metida en la cama con unas fiebres y una tos tremendas. La Yaya aplicó en ella todos los remedios habidos y por haber, pero nada parecía funcionarle.

—Lo que tiene su hija, patrón, es que está atiriciada —le explicaba la nana al hacendado, tratando de que le permitieran sacarla un poco, al menos para que se oreara.

—¡Terca como una mula! Ni atiriciada ni nada, es que no la has de cuidar bien —respondía siempre el señor y no había poder humano que lo hiciera cambiar de cantaleta.

—Mire, patrón, usted me deja sacarla y luego, cuando se componga y se ponga rosada como cochinito, a ver si le dan ganas de volver a regañarme —insistía la Yaya.

Pero como sus argumentos nunca lograron convencer a su patrón, optó por hacer lo que su conciencia le dictaba en una sencilla frase: "más vale pedir perdón que dejar que esta pobre niña se me entuma de por vida".

El método de la Yaya funcionaba, a Lola le mejoró no sólo la salud, también el carácter, así que pronto comen-

zaron a dar caminatas cada vez más largas, hasta que llegaron al río.

—Chico, ¿nos echamos una nadadita ahora que acabemos de limpiar este frijol? —preguntó Miliano.

—Para luego es tarde —contestó Chico, siempre listo para cualquier proposición de su amigo.

Y así se encontraron. Cuando la Yaya vio que en el río estaba el par de muchachos, se le ocurrió que a Lola también le hacían falta amigos, que el aire es milagroso, pero no tanto, las compañías son a veces mejores.

—¡Miliano, Chico, vengan que voy a encargarles un mandadito! —los llamó, sin que le importara el miedo de Lola, quien estaba tratando de esconderse detrás de ella y le jalaba las enaguas.

—Mande usted —contestó Chico, el primero en llegar; Miliano se quedó atrás, embobado mirando los ojos negros, grandes y lindos lindos de Lola.

—Tengo que volver a la casa grande por unos encargos que se me olvidaron, y como Lola no puede caminar mucho aquí se las dejo para que me la cuiden y me la entretengan —anunció antes de dar media vuelta y marcharse.

Lola se quedó ahí parada sin poder moverse, no quería ni respirar del miedo que tenía, nunca había estado sola en compañía de extraños, mucho menos de dos desconocidos que se vieran tan peligrosos como éstos. ¡Pero ya se enteraría la Yaya cuando regresaran a la hacienda! Sabría lo que es que la niña Lola se enojara.

Pero la Yaya no se enteró, más bien todo lo contrario, porque esa misma tarde los tres se hicieron amigos, tan amigos que parecía que se hubieran conocido de toda la vida.

Chico y Miliano le explicaron cómo era la vida de los peones; Lola les platicó historias que leía en los libros, porque no tenía muchas aventuras propias que contar. Y así, entre mentiras y verdades, la niña descubrió que de vez en cuando los papás podían estar equivocados.

No es que los muchachos le hubieran revelado la verdad del mundo, sencillamente que la hora y cuarenta y cinco minutos que estuvieron conversando, a ella le bastaron para entender que las posesiones, en este caso, eran una mera casualidad: a ella le tocó nacer en una parte del río y a sus nuevos amigos en la otra.

Lola tuvo la fortuna de jamás desear algo que fuera imposible de conseguir, Chico y Miliano sólo tenían sus sueños. Lola tenía la mayor cantidad de juguetes que algún anenecuilense pudiera ver jamás, para ellos las posesiones se reducían a trozos de madera, de cuerda, y a lo que su imaginación pudiera construir con ellos.

Con una filita de frases alineadas, más la buena disposición de los muchachos, más un par de chistes bien contados, más la risa cantarina de Lola, más el lunar de Miliano y la panza que bailaba de Chico, salió una suma imposible: la construcción de una amistad contra todo pronóstico.

Oráculo IV

Tres minidiálogos de sordos

18 de agosto de 1911

—¿Qué le parece Eduardo Hay para gobernador?

—Me parece el indicado —sentenció Zapata.

—¿Y el teniente coronel Raúl Madero como jefe de armas? —siguió con su interrogatorio Francisco I. Madero.

—El mejor hombre para ese puesto —volvió a estar de acuerdo Zapata—. Y ahora sí, como muestra de buena voluntad, mañana reanudaremos el licenciamiento de la tropa.

21 de agosto de 1911

—Va a estar difícil que sigamos licenciando a la tropa —le dijo Zapata a Madero con mucha tranquilidad, como quien comenta que en un rato va a empezar a llover.

—Pero ¿por qué?

—Pues por todo ese revuelo que andan haciendo los hombres de Huerta. Mucha paz, mucha paz dice el gobierno federal por un lado, mientras que por el otro nos manda a su mejor sabueso, dizque para venadearnos. ¿Pues en qué quedamos?

Y Madero no contesta.

23 de agosto de 1911

—Primero dijeron que los hombres de Huerta se iban a quedar en Cuernavaca y Jonacatepec, pero hace rato me vinieron a avisar que los federales ya andan dando guerra en Yautepec.

—No sé qué decirle, don Emiliano —respondió Francisco I. Madero con un tono de voz que no dejaba ninguna duda acerca de la grave confusión que lo embargaba.

—Pues yo sí sé qué decirle —contestó Zapata, al tiempo que se levantaba de la mesa en la que había estado aceitando su carabina, para dirigirse a una ventana, a través de la cual se observaba un enorme amate amarillo, y desde allí continuar con sus palabras—: Puedo decirle, por ejemplo, que no sé dónde quedó la autoridad del jefe de la Revolución.

Los dos se miraron a los ojos. Pero mientras la mirada de Zapata brillaba como el fuego, la mirada de Madero era de ceniza, opaca, turbia.

—No se le olvide que al pueblo no se le engaña. Y quiero advertirle de una buena vez que si usted no cumple con sus compromisos, vamos a derrocarlo con las mismas armas con que lo elevamos.

—La actitud de Huerta es inexplicable. Es lo peor que se le puede hacer al país en este momento. Honestamente, general Zapata, no sé lo que está pasando por la cabeza de esta gente —contestó un Francisco I. Madero cada vez más angustiado.

Zapata se acercó a la mesa en donde descansaba su carabina recién aceitada, se le quedó mirando fijamente, pero era claro que su visión real estaba mucho más lejos de aquella mesa apolillada, lanzó un profundo suspiro y después continuó con el diálogo:

—Se me figura que al rato no va a haber más ley que la que dicten las escopetas. ¿No se da cuenta de que mientras sigan desarme y desarme a los elementos revolucionarios, y se apoye a las fuerzas federales, la Revolución y usted mismo corren grave peligro?

—Eso... es verdad... pero...

—Pero nada —interrumpió Zapata las tambaleantes palabras de Madero que no iban a ningún sitio—. Clarito vemos que cada día se entrega usted más a los enemigos de la Revolución.

Un pesado silencio invadió el salón hasta que después de unos segundos espesos, Eufemio Zapata intervino con unas palabras que no dejaban duda acerca de la fuerza que había perdido Madero en las esferas zapatistas:

—Éste está bien verde —dijo señalando con la cabeza al futuro presidente de México—. Yo creo que lo mejor será tomarlo como prisionero; después hacerle juicio y, como por lo menos va a resultar culpable de traición, pues lo fusilamos.

—No, Eufemio —contestó Emiliano—, sería una grave responsabilidad para nosotros, y no debemos cargar con ella —después, dirigiéndose a Madero, continuó con sus palabras—: Váyase para México y déjenos aquí, nosotros nos entenderemos con los federales, ya veremos cómo cumple usted cuando llegue al poder.

Emiliano V

Se encontraban por lo menos tres veces por semana, algunas veces en el río; otras, en las faldas del cerro. Incluso en una ocasión convencieron a la Yaya de que los dejara aventurarse un poquito al interior de la cueva Misterios (que más bien se trataba de un hoyo que les servía de escenografía cuando jugaban a los bandidos); claro, Lola era la rescatada; Chico, el malo; y los brazos de Miliano, la herramienta que salvaba a la doncella.

Siempre a escondidas, siempre dejando a la Yaya con el Jesús en la boca, temerosa de que en cualquier momento la fueran a descubrir sus patrones, pero los niños jamás quisieron averiguar la razón de tanto misterio, un poco porque no les importaba y un mucho porque eso hacía más divertidos los juegos.

También creo que porque los tres sabían la razón del secreto, pero preferían mantener la farsa. La tontería de los "obstáculos sociales" no es un buen divertimiento, sobre todo cuando escapan de nuestros más lejanos pensamientos, como era el caso de ellos.

Tarde o temprano tenía que saberse, siempre todo termina por saberse, sobre todo en un pueblo pequeño donde cualquier historia es buena para espantar el desasosiego o la tristeza.

Además esta historia tenía por protagonistas a los dos chamacos más conocidos de Anenecuilco (porque Miliano era muy serio pero no podía ocultar su personalidad de líder) y nada menos que a la niña de la Hacienda del Hospital.

A Chico tuvieron que llevárselo a la capital del estado porque su padre, en aquella época, ocupaba el cargo que más tarde él mismo habría de portar orgullosamente: Calpuleque del pueblo, es decir, depositario de los documentos de la población.

Total que tuvo que acompañar a su padre a no se sabe bien qué asunto a la capital, y el niño tenía la obligación de contactar con "ciertas personas" del lugar. Nadie habría de sospechar de un niño que andaba repartiendo cartas.

Nosotros nos quedamos con Lola y Emiliano, quienes por primera vez en los dos meses que llevaban de conocerse se quedaron solos. La reunión ni siquiera estaba planeada, él andaba cazando jumiles para la comida del día siguiente, y a ella le habían entrado unas ganas irrefrenables de cortar bugambilias para hacerse un collar. Así que los exploradores, al encontrarse, despacharon a la Yaya, quien no se hizo del rogar, y emprendieron juntos el camino.

Encontraron una gran piedra que a los dos, sin ponerse de acuerdo, les llamó la atención como un imán. Desde entonces, siempre que se veían a solas lo hacían en ese mismo sitio.

—¿Por qué eres tan callado? —dijo de pronto Lola, aprovechando los minutos de silencio que se formaron cuando ella no pudo encontrarle la forma de barco de vapor a la nube que estaba encimita de ellos.

—¿Yo? No —dijo el siempre parco Miliano.

—No, hombre, si con esas contestaciones que das, a ver si un día me dices alguna cosa que tenga más de dos sílabas —dijo sonriente al tiempo que le daba los toques finales a su collar de flores.

—Pues... este... es que... pues luego no sé qué decirte, nada más me quedo mirándote —contestó Miliano, a quien las manos le sudaban, el pulso se le aceleraba y el dedo gordo del pie estaba a punto de rompérsele de tanto hacer con él rueditas en la tierra.

—¿Cómo? —preguntó Lola adivinando la respuesta y ya con el color de los jitomates instalado en sus mejillas.

—Pues... este... pues... es que eres retechula y luego no sé qué decirte, porque tú eres muy chula y yo muy feo —apenas le salieron las palabras al niño.

—Pues mira de lo que se entera una, y yo que creía que hasta gorda te caía y ahora resulta que te gusto... —dijo Lola e inmediatamente se arrepintió y volvió a ponerse colorada. De haber podido, habría regresado el

tiempo para que esas palabras jamás hubieran salido de su boca, ¡cómo que le gustaba! Él nunca había dicho eso.

Pero las cosas siempre salen como deben y no como uno quisiera, así que el tímido de Miliano soltó la carcajada, no era para menos: Lola acababa de darle pie suficiente para poder empezar a hablar de esas cosas cursis que hablan los que se enamoran.

Oráculo V
De nuevo "a salto de mata"

La brecha que se abrió en el verano de 1911 entre Zapata y Madero se fue haciendo cada día más grande. Hasta convertirlos, a ellos que alguna vez habían luchado codo con codo por derrocar a la dictadura porfirista, en acérrimos rivales.

De nuevo Emiliano pasó a ser considerado un rebelde, por lo que tenía que vivir continuamente "a salto de mata", ya que las fuerzas federales andaban tras su cabeza.

A principios de septiembre fue a comer a la Hacienda de Chinameca, invitado por el administrador del lugar. Pero el motivo real de la "amistosa" invitación no era el de pasar un momento agradable compartiendo el pan y la sal, sino tenderle una trampa a Emiliano.

Zapata y sus hombres departían con el traicionero administrador mientras comían alegres una suculenta cecina, cuando se escuchó primero el trotar de muchos caballos y después una serie de descargas nada amigables.

Todos los allí reunidos desenfundaron sus armas y corrieron hacia la parte de afuera de la hacienda, para descubrir que todo aquel barullo provenía de un regimiento de caballería que "misteriosamente había adivinado" el paradero de Emiliano y sus hombres, y que llegaba hasta allí con la intención de acabar con ellos.

Inmediatamente se desató una verdadera tormenta de balas que causó muchas bajas entre los miembros de uno y otro bando.

En un escenario tan peligroso, cualquier lugar era bueno para ocultarse del fuego cruzado: carretas, barriles, sacos de azúcar, recipientes para dar agua a los caballos eran utilizados como parapetos mientras que las balas zumbaban por todos lados como temibles y asesinas abejas de metal.

La mayoría de los hombres de Zapata se concentró en la parte trasera de la hacienda, que era la que más posibilidades ofrecía para la defensa, y permanecieron por un rato soportando las descargas de los federales, los cuales iban comandados por Federico Morales, hombre de todas las confianzas de Victoriano Huerta.

El espectáculo era impresionante, ya que al estruendo de las descargas había que agregar el lamento de los heridos y el llanto de niños y mujeres que prestaban sus servicios dentro de la hacienda.

Y aunque los zapatistas estaban aguantando heroicamente la embestida, la desventaja numérica obligó a Emiliano a tomar la decisión de escapar de la hacienda a como diera lugar: la emboscada estaba muy bien planeada y era claro que su vida corría grave peligro. Además, estaba seguro de que muy pronto llegaría, hasta la Hacienda de Chinameca, un gran batallón de soldados federales como refuerzo.

Por fortuna, Zapata conocía a la perfección la zona que rodeaba la hacienda, por lo que pudo huir de allí gracias al camuflaje que le brindó un tupido cañaveral.

Un grupo de soldados federales, al percatarse de que Emiliano pretendía ocultarse entre las cañas, les prendió fuego con la intención de destruir el escondrijo del revolucionario. Pero por suerte, a la hora en que aquel infierno comenzó a arder, el Caudillo del Sur y la mayoría de sus compañeros ya se encontraban a salvo.

En los días que siguieron a la emboscada de Chinameca muy pronto se supo de Emiliano y sus hombres. Tanto misterio se desató que en la capital del país se manejó la teoría de que el movimiento zapatista estaba perdiendo fuerza de una manera dramática. Los hombres de Emiliano se habían replegado a la sierra morelense, esfumándose como un grupo de fantasmas. En pocas palabras, se habían vuelto invisibles.

Sin embargo, lo que en realidad estaba sucediendo era que los zapatistas se habían replegado para "curar sus heridas", reorganizarse y fraguar un plan, que cuando fue llevado a la práctica demostró el poderío con el que contaban.

Esto es precisamente lo que demuestra la gran inteligencia y capacidad de mando que tenía Zapata. Era un hombre que sabía entender la realidad, y esto le ayudaba a encontrar el momento justo en que debían realizarse las maniobras de su ejército.

Se ocultó como la fiera a la caza de una presa, no se desesperó, tuvo la paciencia necesaria y en el momento menos pensado se lanzó en contra de su enemigo buscando la victoria: el 22 de octubre abandonaba la soledad de la serranía morelense para de un solo zarpazo ocupar, junto con su ejército, los poblados de Topilejo, Tulyehualco, Nativitas y San Mateo.

Pero la cosa no pararía allí, ya que al día siguiente los zapatistas avanzaron también sobre Milpa Alta. Es decir, en lugar de concentrar sus fuerzas en el estado de Morelos, las fuerzas zapatistas se acercaron mucho a la ciudad de México. Éste fue un gran golpe estratégico, ya que demostró la capacidad de movilización de las fuerzas revolucionarias y al mismo tiempo despertó las conciencias de los habitantes de la capital.

Las reacciones por la toma de estos poblados tan cercanos no se hicieron esperar: las contadas familias de abolengo, que disfrutaban de sus comodidades gracias a décadas de explotar tanto las tierras como a los campesinos que las trabajaban, se sintieron amenazadas por una "turba de rufianes venidos desde el Sur".

Los simpatizantes del movimiento, por su parte, reconocieron que todo aquello era el reflejo de los genuinos anhelos del pueblo; mientras que en la Cámara de Diputados se alzaron voces que anunciaban que "Emiliano Zapata, el bandido protegido por Madero, era un grave peligro para la estabilidad del país".

Lo cierto era que el movimiento revolucionario volvía a tomar fuerza después de algún tiempo de titubeos, debidos, principalmente, a la incapacidad de Francisco I. Madero para tomar "al toro por los cuernos".

Zapata estaba de nuevo en lucha, y ésa, para los que querían que en el campo mexicano reinara la justicia, era sin duda una muy buena noticia.

Emiliano VI

Cuando Chico regresó de la capital, la vida de los amigos no volvería a ser la misma.

Creo que el principal de todos los cambios fue la aparición de Lola, o mejor dicho, lo que se modificó fue la relación, ya no digamos de los tres amigos, sino particularmente la de Chico y Miliano.

Ya no eran dos sino tres, ya no eran los confidentes que se pasaban el día completo ideando lo que harían esa misma tarde, ahora era diferente, Chico tendría que adaptarse a no ser la prioridad en las tardes de su amigo.

—Qué canalla, pero te lo pierdes, Miliano, hay competencia en el río y te vas con la trenzuda —reclamaba Chico.

—¿Y a ti qué te cuesta dejarlo para después? —preguntaba Emiliano mientras se rascaba la cabeza.

Lo otro que sucedió y que sería fundamental para el niño Zapata, aunque en ese momento no lo supiera, fue que Chico regresó con, digámoslo en palabras modernas, “conciencia social”.

¿Ustedes conocen una explicación para eso de la conciencia social? Se los trataré de explicar: Emiliano Zapata supo desde pequeño (ya les conté del asunto de las pesadillas) que algo estaba marchando mal en este mundo, que no era posible que unos tuvieran tanto y otros casi nada. Chico también lo sabía, pero ninguno de los dos hubiera podido ponerle palabras a lo que les pasaba por la cabeza cada vez que se enteraban de que un recién nacido había muerto de desnutrición.

Chico lo supo cuando volvió de la capital, y lo primero que hizo fue contárselo a su amigo, el único que podría entenderlo, e incluso explicarle todas esas lagunas que le quedaron de las conversaciones que alcanzó a escuchar en las reuniones que sostuvo su padre y de las que él había sido testigo. Algo estaba preparándose, un tipo de enojo generalizado podía sentirse en el ambiente.

Cuando Emiliano escuchó las frases "supremo gobierno", "alistar las alforjas", "organizar a los jefes" y, sobre todo, "esto no dura mucho", algo ocurrió en su interior, algo que le cambió el sentimiento que le dejaba su pesadilla: ya no era temor, era enojo.

Y para colmo se descubrió el teatrito: uno de los hermanos de Lola que andaba paseando junto al río los descubrió trepados, muy juntitos, en las ramas de un guayabo.

—¡Dolores! —gritó y no hizo falta mayor explicación.

La niña bajó como pudo y corrió, exactamente, en sentido contrario a donde estaba su hermano, quien la persiguió espoleando el caballo, y logró huir gracias a unas matas que obstaculizaron el camino de su perseguidor.

Pero nada pudo salvarla, ni a ella ni a la Yaya, quien se llevó el regaño de su vida, aunque no la echaron a la calle.

Eso sí, desde ese momento ya no podía acercarse a la niña, quien tenía que estar encerrada en su cuarto, y ni al baño podría ir sola, debía hacerlo acompañada del tutor que le consiguieron: un viejito sordo que tenía un muy mal carácter.

Todo el pueblo se enteró y se comentaron cosas como "se van a fugar para casarse en Villa de Ayala y de ahí viajar al Norte", "que el papá de la niña agarró a balazos al pobrecito Miliano", "dicen que Lolita se está muriendo de amor, que no come ni duerme ni vive", "a mí me dijeron que Miliano se va a ir del país porque ya no aguanta", "que ella corrió y corrió y hasta le salieron alas para treparse al cerro", "yo vi clarito que Miliano se le ponía enfrente al hermano y le ofrecía su vida a cambio de la de ella".

Puros chismes, Anenecuilco convirtió aquellos dos minutos en la historia de Romeo y Julieta.

Afortunadamente, nosotros sabemos la verdad. Gabriel Zapata habló con su hijo, trató de explicarle que esa relación no podía ser, que los padres ricos, que si ellos tan pobres, y cosas por el estilo. Lo malo de todo el discurso es que quien lo estaba dando no creía ni media palabra de lo que estaba diciendo. Así que don Gabriel se rascó la cabeza y finalmente dijo:

—La mera verdad, hijo, es que lo que sí me cae muy mal es que esa Lola sea hija de su padre. Pero tampoco tiene la culpa. Más bien, vámonos entendiendo y usted haga lo que considere mejor.

Y ahí se definió la historia. Ya Emiliano estaba pensando que eso que acababa de decirle su padre era lo verdaderamente importante, y cuando lo escuchó del ser a quien más respetaba, el resto dejó de tener sentido.

Se puso triste al principio, claro, andaba como rezando todo el día y con la cabeza gacha.

Pero luego empezó a sentirse confundido: ya no sabía si estaba triste por Lola o porque ser hijo de un pobre era la única razón que le impedía estar con ella. Pensó que ni siquiera estaba "tan enamorado", además era muy joven para comprometerse, pero le partía el alma que una cuestión de centavos le quitara a la novia. Eso sí que no podía permitirlo.

Emiliano fue siempre muy enamorado, pero le duraba poco el gusto, aunque cuando de hombres se trata tampoco hay manera de saber la verdad. Quién sabe por qué, pero tomó la determinación de que la única manera en que dejaría de ser novio de Lola era porque alguno de los dos no quisiera, sin que nadie más tuviera vela en ese entierro, así que habría que encontrar la manera de que eso pasara.

Chico y Miliano hicieron las paces y sin necesidad de disculpas ni de nada.

—¿Qué te traes pues, Miliano? —preguntó Chico antes de lanzar al río la cuarta piedra de la tarde.

—Pues... ¿qué?, ¿me ayudas? —preguntó, sabiendo que su amigo de sobra entendería a qué se estaba refiriendo.

—Tú dime rana y yo brinco. ¿Cómo le hacemos? —contestó el siempre dispuesto amigo.

—No sé todavía, pero algo se me está ocurriendo...

—Nos van a cintarear cuando se te acabe de ocurrir, ¿verdad? —dijo Chico más por compromiso que porque le importara.

—Ajá —asintió Emiliano.

—Pues ya estaría de Dios.

—Ya estaría.

Oráculo VI
El Plan de Ayala

Zapata y sus hombres comprendieron que la única vía para solucionar los problemas del país era nuevamente el camino de las armas. Y es que tanto la prensa como los oradores oficiales, e incluso el mismo Francisco I. Madero y los miembros de su gabinete, condenaban a los surianos llamándolos "abominables forajidos que amenazaban a una sociedad a la que no podían pertenecer".

Ante lo complicado de este panorama era claro que había que comenzar de nuevo.

Emiliano pensó que la mejor forma de darle un fundamento a su lucha era la elaboración de un plan en el que quedaran asentados, de una manera que todos pudieran entender, los objetivos generales de su movimiento. Así que buscando un lugar tranquilo y seguro para redactar su contenido se fue a refugiar a la zona montañosa del suroeste de Puebla, muy cerca de los límites con Guerrero y Morelos.

El maestro rural Otilio Montaño fue el responsable de transformar en palabras las ideas de los alzados. Digamos que, en términos generales, el profesor le daría letra al proyecto, mientras que Zapata le proporcionaría el espíritu revolucionario.

El resultado de aquel provechoso "retiro" a lo más recóndito de la serranía poblana fue el Plan de Ayala.

¿Por qué lo de "Ayala"?, se preguntarán. Pues bien, se los explico: quiso el caprichoso destino que, exactamente cien años antes, por estos mismos poblanos rumbos, don José María Morelos y Francisco Ayala anduvieran peleando en nombre de la independencia nacional. Al finalizar la lucha y en agradecimiento a los servicios prestados a la causa independentista, al poblado de Mapastlán se le llamó Villa de Ayala, y muy cerca de este lugar fue en donde se redactó el histórico documento revolucionario.

Una vez que estuvo listo, los coroneles zapatistas Severiano Gutiérrez y Santiago Aguilar recorrieron la zona rebelde comunicando la orden de concentrarse en el pueblo de Ayoxustla.

Humildes campesinos, quienes tenían puestas todas sus esperanzas en la causa encabezada por Emiliano, llegaron de toda la región; y así, el 28 de noviembre de 1911, se firmó el Plan de Ayala.

Una vez que estuvo listo el original, Emiliano le ordenó a algunos de sus hombres de confianza que se fueran por el cura del pueblo de Huautla y lo invitaran a su campamento con todo y la máquina de escribir que el religioso sabía manejar a las mil maravillas. El sacerdote accedió a la visita, y después de un rato de duro y dale a las teclas, ya tenía bastantes copias del documento.

Estas copias se enviaron a los jefes revolucionarios que operaban en las diferentes zonas del país, e incluso una de ellas fue a dar hasta la redacción de *El Diario del Hogar*, periódico que tenía su sede en la ciudad de México y que publicó su contenido después de consultarlo con el, entonces ya, presidente Madero.

—Por supuesto que pueden publicar el absurdo plan —accedió Madero—, de esa forma todo México será testigo de la locura que ha invadido a Emiliano Zapata.

La redacción del Plan de Ayala constaba de quince apartados, de los que fundamentalmente se desprendían dos cosas:

En primer lugar se desconocía la autoridad de Francisco I. Madero como jefe de la Revolución y al mismo tiempo como presidente de la república.

En segundo lugar se manifestaba la necesidad de una reivindicación agraria, es decir, la tierra debía pertenecer a quien la trabajara, y no permanecer en manos de unos cuantos latifundistas, quienes eran los únicos beneficiados de su explotación.

Además se nombraba al general Pascual Orozco como jefe de la Revolución Libertadora, y en caso de que no aceptara ese delicado puesto la responsabilidad caería en manos de Zapata.

Pero no sólo se desconocía la investidura de Madero, sino que se le perseguía, ya que en el artículo quinto se anunciaba que la Revolución buscaría "el derrocamiento de los elementos dictatoriales de Porfirio Díaz y de Francisco I. Madero, pues la nación está cansada de hombres falsos y traidores que hacen promesas como libertadores, y al llegar al poder, se olvidan de ellas y se constituyen en tiranos".

El Plan de Ayala terminaba con esta invitación a la lucha: "Pueblo mexicano, apoyad con las armas en las manos este Plan, y haréis la prosperidad y el bienestar de la Patria".

Emiliano Zapata iniciaría a partir de ese momento una campaña un poco más alejada de los reflectores, pero no menos importante para la causa de la Revolución Mexicana.

Emiliano VII

La solución a tamaño conflicto no era nada fácil, era cuestión de cambiar la mentalidad de un hombre, el papá de Lola, cuya principal característica era la de ser "duro de entendederas".

Pero no sólo eso, también estaba el asunto del odio atroz que los anenecuilenses sentían por el hacendado y viceversa. ¿Cómo iba a ser posible que el hombre que le arrebató su tierra a Emiliano aceptara prestarle a su hija?

Así que no había muchas opciones. Por lo que eso de la solución sería, en todo caso, desesperada.

—Voy a robármela —soltó de pronto Miliano sin decir agua va.

—Sí, cómo no, y luego se casan y tienen muchos hijos, ¡ja, ja! —contestó Chico con cara de burla, pero en realidad muy preocupado de que la sentencia de su amigo fuera a hacerse realidad.

—Pues sí, ahorita eso de los hijos no, pero ya veremos —aclaró Miliano, a quien, a pesar de todo, algo de cordura le quedaba en la cabeza.

—Pues ni ahorita ni después, porque con el balazo que te va a meter entre ceja y ceja su papá no creo que te dé tiempo de llegar a Semana Santa —dijo Chico cada vez más angustiado al ver la determinación de su amigo.

—Hasta crees que voy a dejarme, si por eso quiero que me ayudes. Ni se van a enterar hasta que ya andemos en Laredo —respondió Miliano, quien ya había pensado en todo.

—¿A poco vas a dejar a tu familia? —preguntó Chico.

—Luego mando por ellos —contestó el niño Zapata.

—¡Sí, claro! Con el dineral que tienes, no tienes ni para comprarte un centavo de piloncillo —atacó Chico.

—Pues eso sí, pero a la mejor Lola sí tiene, por eso tengo que hablar con ella —aclaró Miliano.

—¿Y si no se quiere ir contigo?

Claro, también existía esa posibilidad, así que el par de amigos decidió que lo más importante de todo el asunto era hablar con la futura raptada para ver si estaba de acuerdo en convertirse en la señora de Zapata.

Pero eso tampoco estaba tan fácil, con el antecedente de que el pueblo entero se dio cuenta de la escenita en el río, no iban a encontrar el modo de entrar a la hacienda; y que ella saliera de su encierro bajo tres llaves, pues menos.

Lo único que quedaba por hacer era acudir a la Yaya, quien había jurado y perjurado, frente a todos los santos y la corte celestial en pleno, que jamás de los jamases volvería a meterse en líos ni a desobedecer al patrón.

Emiliano le suplicaría, le lloraría, se hincaría, le besaría los pies de ser necesario, haría lo que ella quisiera con tal de que le llevara una carta a Lola.

Sin duda ésa era la mejor de las soluciones, sólo que tenía el grave problema del gigantesco cargo de conciencia que Miliano sentía al pensar que por su culpa alguien podía llegar a romper un juramento tan formal como el que la Yaya hizo.

—Se me hace que mejor no. Qué tal que la convenzo y se condena y yo también me condeno —decía Miliano rascándose la cabeza.

—¡No, hombre! Mejor ya no le busques, que al paso que vas hasta a tus nietos y a los míos les va a caer la condenación —contestó Chico cada vez más preocupado.

—Eso sí que no lo había pensado, pero es cierto, las maldiciones se quedan, mejor ya no le busques tú...

Y ahí terminó la conversación, decidieron, sin decirlo, que era mejor aventar piedras al río que seguir dándole vueltas a eso que no tenía solución alguna.

Pero no hubo necesidad de que nadie saliera condenado, la respuesta a sus quebraderos de cabeza llegó a caballo y como caída del cielo.

Oráculo VII
Madero, Huerta y Carranza:
tres enemigos muy diferentes

Para la revolución comandada por Zapata vendrían años muy complicados, ya que las caprichosas luchas de poder hicieron que tuviera que enfrentarse a gobiernos federales muy, pero muy diferentes.

Con Madero, por ejemplo, una vez que se suscribió el Plan de Ayala no volvió a existir ningún tipo de negociación, por lo que un silencio a dos voces se instaló para siempre entre estos dos hombres que alguna vez tuvieron anhelos muy semejantes.

A principios de 1913 se inicia la Decena Trágica en la ciudad de México, el general Manuel Mondragón se subleva contra el gobierno maderista.

Esta acción, después de una serie de componendas políticas que involucraron incluso al gobierno de Estados Unidos, habría de desembocar, primero, en la aprehensión de Francisco I. Madero junto con el vicepresidente José María Pino Suárez, y segundo, en la toma del poder de la nación por parte del tirano Victoriano Huerta.

Días después, en la prisión, serían asesinados tanto Madero como Pino Suárez: el golpe de Estado fraguado por Huerta era ya una sombría realidad para el país.

Ante estos acontecimientos, Emiliano Zapata ordenó a su gente luchar, aun con mayor fuerza que la demostrada hasta ahora, para derrocar a las fuerzas golpistas. Sin embargo, el camino no sería nada fácil, ya que una de las primeras acciones del gobierno de Huerta fue emprender una feroz campaña para destruir a las fuerzas revolucionarias:

—No dejaré que unos cuantos revoltosos manchen la grandeza de mi gobierno, ¡vayan por ellos! —ordenó a su Estado Mayor el personaje que más tarde sería conocido como "El traidor de la Patria".

Pero por fortuna para la causa zapatista, lo ilegítimo del gobierno de Huerta avivó el deseo de justicia en el país, por lo que la causa revolucionaria tomó una nueva fuerza que parecía haberse ido perdiendo después de años y años de estarse enfrentando a un gobierno federal ciego y sordo.

En los siguientes meses Emiliano Zapata y su gente tomaron el enclave estratégico de Chiautla, en el estado de Puebla; casi todo el estado de Guerrero, incluyendo por supuesto su capital, Chilpancingo; todo Morelos, parte de Hidalgo, con todo y Pachuca; buena parte del Estado de México y el sur del Distrito Federal.

Sin embargo, en esos días el ejército revolucionario sufrió un duro golpe en su ánimo cuando Pascual Orozco, quien ya se había levantado contra Madero, reconoció como legítimo el gobierno de Victoriano Huerta y se integró al ejército federal para luchar en contra de quienes habían sido sus compañeros de ideales.

Ante esta situación, Emiliano Zapata lanzó un manifiesto para reformar el Plan de Ayala a fin de desconocer a Huerta y a Orozco. Y tiempo después, el 14 de junio de 1914 en San Pablo Oxtotepec, los revolucionarios reunidos allí nombraron a Zapata dirigente de la revolución y pidieron que el Plan de Ayala fuera incluido en la Constitución.

En su breve mandato, Victoriano Huerta manchó sus manos de sangre en muchas ocasiones. Para muestra, tres botones: después de acabar con Madero y Pino Suárez, le tocó el turno a Belisario Domínguez. ¿Que cuál fue su "delito"? Se los contesto: pronunciar un discurso que no se reconocía al tirano.

Pero además de los múltiples asesinatos que cometió, Victoriano Huerta tuvo muchos otros desvaríos políticos: disolvió el Congreso de la Unión y después, sin juicio previo, metió a la cárcel a los diputados que se atrevieron a reclamarle su actitud. También por su culpa tropas estadounidenses tomaron el puerto de Veracruz, y el país, en términos generales, cayó en la peor de las ruinas.

Tan mal hizo las cosas que facilitó la llegada al poder de su más grande enemigo, el ex gobernador de Coahuila, don Venustiano Carranza. De esta manera, el 15 de julio de 1914, Victoriano Huerta renunció a la presidencia de la república.

Cuando se creía que la lucha iba por fin a concluir, ya que la opinión pública pensaba que Carranza haría suyos los postulados del Plan de Ayala, el 14 de agosto, después de ocupar la ciudad de México, don Venustiano hizo una declaración en la que dejó claro que Emiliano Zapata tendría que enfrentar a un nuevo enemigo:

—Tengo sesenta mil rifles esperando a Zapata si es que quiere venir a la capital. De ninguna forma mi gobierno pactará con una pandilla de revoltosos sin bandera.

Sin hacer mucho caso a esta agresiva declaración, Emiliano Zapata se reunió con hombres de Carranza con la intención de convencerlos de que lo mejor para el país era que el nuevo presidente abrazara los principios de su famoso proyecto:

—Díganle a su jefe que no le dé tantas vueltas al asunto. El Plan de Ayala es la mejor fórmula para sacar de la miseria a México.

—¡No, no y más no! —fue la respuesta que días más tarde lanzó el obstinado de don Venustiano.

Y así, tal y como lo hemos repetido a lo largo de toda esta historia, a Emiliano Zapata y a su gente no les quedó más remedio que comenzar de nuevo.

El primero de octubre Carranza convocó a una Convención de la Cámara de Diputados, pero ésta fue suspendida por no contar con la participación de villistas y zapatistas.

Se lanzó una nueva convocatoria y entonces sí, a la Convención de Aguascalientes acudieron representantes de la causa de Emiliano Zapata. La jugada se le salió de las manos a Carranza, ya que en la sesión del día 28 de octubre la Convención hizo suyos los postulados del Plan de Ayala, y en la del día 30 se determinó el cese de funciones de don Venustiano como presidente de México.

Carranza ignoró lo acordado en Aguascalientes y se retiró a Veracruz, en donde estableció su gobierno. Por su parte, el día 24 de noviembre las fuerzas zapatistas se apoderaron de la capital.

Días más tarde, el 4 de diciembre para ser exactos, Emiliano Zapata y Francisco Villa se reunieron en Xochimilco, en donde le dieron forma a un pacto que comprometía al Ejército Libertador del Sur y a la División del Norte a luchar contra Carranza.

Horas más tarde, una vez que suscribieron el compromiso, ambos caudillos desfilaron, encabezando a sus ejércitos, por algunas de las principales avenidas de la ciudad de México.

A partir de ese momento el país entraría en una tensa calma. México estaba a la espera de que los nudos que lo tenían aprisionado fueran desatados.

Por un breve tiempo desaparecieron las batallas sangrientas, los cambios abruptos en el mando y las traiciones miserables.

Durante esos años, Emiliano Zapata anduvo de un lado a otro, tratando de lograr que los alcances de su lucha ampararan al mayor número de mexicanos posible.

Lanzó diferentes manifiestos, desde Quilamula, desde Tlaltizapán, desde Ayapango, en los que se transparentaba el valor de sus ideales. Cuando no eran en favor de educar a la niñez, eran con la intención de mejorar el nivel de vida de los campesinos.

Uno de estos documentos, una carta abierta publicada el 17 de marzo de 1919, en la que criticaba agriamente al gobierno de Carranza acusándolo de ser el responsable de todos los males que acontecían en el país, fue la gota que derramó el vaso de la ira de don Venustiano.

A partir de ese momento la cacería en contra del Caudillo del Sur se convirtió en una de las obsesiones de Carranza.

La vida de Emiliano Zapata estaba amenazada como nunca antes.

Emiliano VIII

¿Han oído hablar de las treguas en mitad de una guerra? Es muy curioso cómo la gente decide de repente guardar sus odios, aunque sea por un ratito, para convertirse en amigo (o por lo menos en un no enemigo) de aquellos que han sido sus más odiados rivales.

Lo anterior viene a cuento porque cada año, cuando terminaba la zafra, la Hacienda del Hospital daba una fiesta. La casa grande que permanecía cerrada a los extraños durante 364 días al año (365 los bisiestos) se abría, durante veinticuatro horas, para todo aquel que quisiera celebrar con ellos el fin de la cosecha de la caña.

Comenzaba tempranito con cuetes y campanadas llamando a misa, y de ahí en adelante todo el día música, baile, comida y bebida a manos llenas y para todos. Asistían desde los peones hasta los amigos de la casa, pasando por los extraños que por ahí se acercaran.

Todos siempre estuvieron invitados y eso no iba a cambiar, por más que la hija del hacendado anduviera trepándose a los guayabos con un niño.

En esa fiesta había también competencias: carreras de caballos, lanzamiento de cuerda, doma de vaquillas y de toros, palo encebado... Claro, Emiliano era uno de los contrincantes de quienes todos solían huir.

En los últimos dos años el niño Zapata había ganado varios premios, pero sus victorias más importantes habían sido en una carrera de caballos montados a pelo, y otra más haciendo suertes con la reata. Bueno, ganaba entre los chicos, porque en las pruebas para adultos todavía no lo dejaban participar.

Don Gabriel no asistía, pero tampoco tenía corazón para impedir que su familia se divirtiera. Ya suficientes penas cargaban encima como para, además, quedarse encerrados cuando todo Anenecuilco se divertía.

En aquellos festejos Chico se pasaba el día o bailando o bien de metiche con los de la banda en turno, por lo que de plano no le gustó ni tantito cuando Miliano le dijo que tenían que estar juntos para que, a la primera oportunidad, él pudiera hablar con Lola mientras Chico les echaba aguas.

Llegaron juntos Emiliano, Eufemio, Chico y el Negro, que se les había pegado desde el principio y a quien ni a pedradas consiguieron ahuyentar, claro, con los aromas de la comida, ni un regimiento de carabineros lo hubiera podido detener.

En la puerta de la hacienda estaba esperándolos el hermano de Lola y no precisamente para darles la bienvenida. Al verlo, Eufemio y Chico quisieron que se los tragara la tierra. No así Emiliano, quien, al contrario, apresuró el paso y levantó más la ya de por sí siempre alzada cabeza.

—No voy a decirte que no entres a mi casa porque soy gente de bien, no como tú, indio patarrajada. Pero me la debes y me la vas a pagar en las carreras —le soltó a Emiliano.

—Pues con estas patas rajadas te voy a hacer que comas polvo —contestó Emiliano ya con el coraje subido hasta las orejas, pero sin que su cara mostrara la más mínima señal de nada.

Los próximos corredores se separaron, puesto que las carreras empezarían un poco más tarde, pero desde ese momento Emiliano ya no tuvo sosiego. No veía llegar la hora de montar un caballo para demostrarle a esa "gente de bien" cómo espolean los indios. De lo cual, por cierto, se sentía muy orgulloso, por eso más rabia le daba que el hacendado le dijera "indio" como si se tratara de un insulto.

Lola apareció de la mano de su tutor, se le veía otra vez demacrada y muy ansiosa, buscando todo el tiempo a Emiliano con la mirada.

Pero el futuro caudillo no estaba para amores contrariados, primero quería limpiar la afrenta (costumbre que no lo abandonaría jamás) y ya luego vería si la muchacha se dejaba robar o no. Finalmente llegó la hora.

Los jinetes ya estaban en sus posiciones. Emiliano traía un paliacate rojo amarrado en la cabeza. Su rival, uno azul. Miliano eligió una yegua de nombre Cefeida, a quien le tocaría correr contra Rayo, el caballo que desde recién nacido perteneció al primogénito de los dueños de la Hacienda del Hospital.

Dieron la señal, los presentes aguantaron el resuello porque muy rápido se corrió la voz del enfrentamiento. Todos sabían que esta vez el ganador no sólo se llevaría dos costales de frijol y uno de azúcar, sino también la gloria de mirar derrotado al otro.

Ya iban corriendo. Ya la nube de polvo los cubría. Alguien gritó que estaban acercándose a la meta.

Emiliano fue el triunfador y la gente corrió hacia él para abrazarlo, para elevarlo en hombros. Para aplaudirle esa victoria que no era sólo de él, le pertenecía a todos los desposeídos.

El derrotado pateó la tierra, se puso rojo de coraje y agachó la frente al encontrarse con la terrible mirada de su padre.

Emiliano se acercó a su rival intentando darle la mano, pero fue rechazado y a punto estaba de soltarle un golpe, cuando la intervención salvadora de Chico lo evitó.

—Vente, vamos a recoger los costales —dijo al pasarle su brazo por la espalda para obligarlo a dar la media vuelta.

Durante el revuelo Lola aprovechó para escaparse por un momento de su tutor, vio a Eufemio y supo que era su oportunidad.

—¿Le das esto a tu hermano, por favor? —le dijo al pequeño entregándole un sobre.

—¿A cuál hermano? —preguntó el sorprendido Eufemio.

—Pues a Emiliano, ¿a cuál va a ser?, pero no le vayas a decir a nadie —contestó ella presurosa para volver antes de que su cuidador se percatara de su ausencia y armara un escándalo.

—Ah, ¿tampoco a él? ¿Entonces cómo se lo doy? —preguntó Eufemio con ingenuidad.

—A él sí le dices, pero a nadie más. Se lo das cuando estén solos, por favor —dijo Lola antes de salir corriendo.

—Está bien, ahora sí entendí —dijo Eufemio y salió en busca de su hermano; tampoco él quería perderse ni un segundo de felicitaciones.

Pero ahí no paró el asunto, más bien como que estaba por iniciar lo mejor.

Resulta que los niños no podían entrar a las competencias de doma de vaquillas, pero como se trataba del hijo del patrón y además traía una cara que parecía que mil diablos se hubieran apoderado de él, los organizadores no tuvieron más remedio que dejarlo pasar.

Así que el alboroto que se traía todo el mundo por el triunfo de Emiliano se vio interrumpido por un grito:

—¡El niño va a meterse al ruedo! ¡Vengan, que el hijo del patrón quiere burlar una vaquilla!

Y allá se fueron todos, el polvo volvió a levantarse con el corredero de gente rumbo al ruedo.

Al llegar la multitud, el niño estaba parado en el centro, pero esa imagen duró sólo unos cuantos segundos porque la vaquilla embistió contra él con esos cuernos que no acababan de salirle, pero que buscaban herir como si se tratara de la cornamenta de un toro hecho y derecho.

La gente gritó al unísono: al hijo del patrón estaban dándole una revolcada que podía terminar en tragedia si no intervenía alguien antes, pero nadie se atrevía a hacerlo.

El dueño del Hospital les hizo una señal a sus hombres para impedirles que fueran al rescate, no iba a permitir que su hijo lo avergonzara dos veces: primero al dejarse vencer en la carrera y ahora al ser rescatado.

—Mi hijo no tiene pilmamas, si él se lo buscó, él que se lo encuentre y lo resuelva —dijo el hacendado.

¿Se acuerdan de que el Negro había seguido a sus dueños? Pues eso fue la salvación del muchacho. Una aparición negra, pulgosa y en cuatro patas que se metió al ruedo y llamó, por unos instantes, la atención de la vaquilla que parecía no querer ceder ni medio milímetro.

Aprovechando el descuido del animal, Emiliano también saltó al ruedo. Mientras lo hacía se desanudaba de la cabeza el paliacate rojo y con él intentaba atraer la atención del casi toro, que pronto se dio cuenta de que un escuálido perro no era nada comparado con el niño enconchado y que tan buen blanco de sus coces estaba siendo.

Emiliano agarró con una mano al hermano de Lola, mientras que con la otra intentaba darle pases a la vaquilla, unos pases que ni el más malo de los toreros hubiera podido hacer sin antes morirse de la vergüenza.

Zapata nunca llegaría a matador, pero había salvado, si no la vida, sí por lo menos muchos huesos del atormentado cuerpo de su probable cuñado.

—Gracias —le dijo el hermano de Lola y luego se desmayó.

El "de nada" que dijo Emiliano sólo alcanzó a escucharlo el papá de Lola, quien ya se encontraba junto a los niños.

—Puedes venir a verla, pero nada más aquí. Nada de treparse a los árboles. Si quieren platicar, platiquen donde yo pueda echarles un ojo —dijo el hacendado y después se metió a su casa para no volver a salir durante el resto del día. La vergüenza pública no se la quitaba nadie.

Con el permiso otorgado quedó demostrado que hasta al corazón más duro y cruel le puede caber una pizca de bondad.

Muchos recuerdan aquella fiesta como la más alegre de las que se hubieran dado en la hacienda.

Miliano y el Negro fueron los reyes, mientras que Chico y Eufemio también ocuparon un lugar de honor por ser, respectivamente, mejor amigo y hermano de uno de los héroes del día.

El perro comió como nunca y la tambora sonó y sonó toda la tarde.

Sólo una cosa opacaba el ánimo de Emiliano: Lola. A pesar de que ya tenía la autorización del padre, a la niña no volvió a verla en todo el día.

"Se me hace que el viejo nomás me tanteó", se decía a sí mismo Emiliano para luego responderse que ya se vería, que sería cosa de esperar al día siguiente, cuando se apersonara en la casa grande para hacer que le cumplieran lo prometido.

Ya iban de camino a casa, con la noche encima, cuando Eufemio sacó un sobre de entre sus ropas y se lo extendió a Emiliano.

—Aquí te manda esto Lola. Que no le digas a nadie, creo que tampoco tenía que decirte a ti —dijo Eufemio alzándose de hombros.

Oráculo VIII

Una nueva traición en Chinameca

Después de que varios gobiernos federales, a lo largo de más de diez años, intentaron sin éxito acabar con la vida de Emiliano Zapata, la desagradable responsabilidad recayó en el general Pablo González.

Y quiso el destino, muy ingrato a veces, que una gran oportunidad de cumplir su misión se le presentara casi sin buscarla.

Zapata le dirigió una carta al coronel federal Jesús Guajardo porque sospechaba que este elemento estaba inconforme en continuar sirviendo a la causa carrancista, y que fácilmente podía ser convencido de unirse a las fuerzas del Ejército Libertador del Sur.

Pero la carta fue interceptada por Pablo González, quien la utilizó para forzar a Guajardo a seguirle el juego a Zapata, y así, una vez que el Caudillo del Sur creyera que efectivamente Guajardo ya estaba de su lado, tenderle una emboscada mortal.

Zapata y Guajardo intercambiaron cartas durante casi dos semanas. En las de Emiliano se le pedía integrarse cuanto antes al zapatismo, mientras que en las del traidor se intentaba ganar tiempo para encontrar el momento más propicio para atacar al revolucionario.

Zapata, imaginando que tal vez Guajardo estaba ganando días, le ordenó que, como muestra de su lealtad a las causas revolucionarias, tomara junto con sus hombres el poblado de Jonacatepec.

Y aquí surgió la primera parte de esa macabra puesta en escena que montaron los federales: tanto la gente de Guajardo como la del general Daniel Ríos Zertuche, quien era el encargado de salvaguardar Jonacatepec, llevaron a cabo una sangrienta batalla en la que simularon luchar del lado de Zapata.

Para tal fin ordenaron a sus hombres que cargaran todas sus armas con balas de salva, y después de media hora de combate, las fuerzas de Ríos Zertuche abandonaron en desorden la población, mientras los hombres de Guajardo entraban triunfales en la plaza principal. Una vez allí el coronel gritó a voz en cuello:

—¡Viva mi general Emiliano Zapata!

—¡Que viva! —le respondieron simulando un júbilo encendido sus hipócritas compañeros.

El asalto a Jonacatepec acabó por convencer a Zapata de la lealtad de Guajardo, por lo que esa misma tarde se encontraron frente a la estación Pastor del ferrocarril morelense.

—Mi coronel Guajardo, lo felicito sinceramente —le dijo Emiliano en esa primera entrevista.

—Servir a la patria es mi deber —respondió el traidor.

Y así, Emiliano y el que sería responsable de su muerte estuvieron platicando por un largo rato. Antes de despedirse, Zapata le ordenó que se fuera a Chinameca a esperar nuevas órdenes.

A las ocho de la mañana del fatal 10 de abril de 1919, Zapata y Guajardo se volvieron a encontrar a las afueras de la hacienda. El ambiente era agradable, ya que muchos zapatistas aún festejaban el supuesto triunfo del día anterior y estaban contentos, porque de ahora en adelante contarían entre sus filas con alguien como Guajardo.

Digamos que para las fuerzas revolucionarias aquélla era una mañana de recreo: algunos se procuraban el desayuno en las chozas cercanas, mientras que otros se contaban sus historias de guerra o simplemente recibían la cálida mañana tendidos sobre la hierba.

Sin embargo, en cuestión de minutos, la paz fue alterada porque entre los presentes empezó a correr el rumor de que algunos elementos de las tropas federales se acercaban a Chinameca.

Emiliano le ordenó a Guajardo que se quedara, junto con sus hombres, a resguardar la hacienda, mientras que él iba a colocarse a un sitio llamado "Piedra Encimada".

—Desde allí podré ver cuántos son los que vienen a atacarnos. No se me alarme nadie. Se me afigura que nada más ha de ser una patrullita desorientada. Ahora vuelvo, mi general Guajardo.

—Aquí lo estaré esperando, mi general Zapata —dijo sonriente el que en muy poco tiempo se convertiría en el verdugo del Caudillo del Sur.

Emiliano y algunos de sus hombres se fueron al mirador y allí estuvieron, horas y horas, buscando en el horizonte muestras de que el enemigo se acercara. Hacia las dos de la tarde Zapata comprendió que todo era una falsa alarma y regresó a Chinameca.

Antes de llegar propiamente a la hacienda, Emiliano pasó a la tienda de raya y allí el encargado le dijo que el coronel Guajardo lo estaba esperando para comer. Zapata reunió una comitiva de diez hombres y se fue a su cita con el traidor.

Ya una vez en la hacienda, Emiliano pudo ver que Jesús Guajardo le había preparado un recibimiento por todo lo alto: los soldados le presentaban armas mientras que una banda de guerra tocaba una fanfarria en honor del Caudillo del Sur.

Un instante después, intempestivamente, la música se dejó de escuchar, una trompeta dio la orden: "¡fuego!", y los soldados, quienes un segundo antes saludaban a Emiliano, cobardemente empezaron a disparar las carabinas en su contra.

Zapata, tratando de salvar su vida, quiso sacar su pistola en el último momento, pero fue inútil, porque casi de manera instantánea las descargas acabaron con su existencia, y con la de muchos de sus fieles compañeros de lucha.

En pocos segundos la Hacienda de Chinameca se convirtió en un infierno: el fuego de fusiles, bombas y ametralladoras que los federales, convenientemente apostados, lanzaban sobre los revolucionarios estaban causando un gran número de bajas.

Entre los zapatistas cundía el desorden y la desesperación de no saber qué era lo que estaba ocurriendo.

De esta forma, a los que lograron sobrevivir a la cobarde emboscada no les quedó otra opción que huir despavoridos.

Mientras tanto, el cuerpo de Emiliano Zapata yacía inerte sobre el polvoriento camino de entrada a la hacienda. Como un monumento a la traición, como un recordatorio de lo injusto de la existencia.

Y así, una vez que la tempestad de fuego terminó, Guajardo le ordenó a sus hombres el levantamiento del cuerpo de Zapata. Más tarde lo ataron a una mula y se lo llevaron a Cuautla, en donde el traidor se lo entregó al general Pablo González.

Mientras tanto, la triste noticia de la muerte de Emiliano empezó a regarse como pólvora encendida por todo el estado de Morelos, y después por todo el territorio nacional.

Al día siguiente, verdaderas peregrinaciones se dirigían a Cuautla con la intención de ver el cadáver del revolucionario. Lo primero que hacían al estar frente a él era buscarle el lunar que tenía arriba de un ojo.

—¿Será, tú? —preguntaba uno.

—Pues quién sabe —respondía otro.

—No sean brutos, no puede ser, mi general Zapata no habrá de morir jamás —finalizaba el diálogo un sombrerudo, con una camisola gris, de cuya bolsa asomaba la cabecita de una botella de aguardiente, y quien no podía creer que aquel hombre que representaba el encendido espíritu de la Revolución Mexicana estuviera allí, tendido frente a ellos, sin vida, perforado por traicioneras balas.

El cuerpo de Emiliano fue sepultado en medio de un gran tumulto compuesto por curiosos, soldados federales, bastantes zapatistas mezclados en la multitud y hasta la presencia de una cámara de cine.

Y así, con un calor de los mil diablos reflejándose en el rostro moreno de los presentes, el negro ataúd fue descendiendo, poco a poco, hasta el fondo de la tumba.

El panteón se fue vaciando, y como único compañero de Zapata quedó un fiel y frondoso árbol de guayabas.

* * *

Pero tal vez todo lo que se ha dicho aquí sea mentira, y en esta historia el único que tuvo la razón fue el sombrerudo del aguardiente: puede ser, ¿por qué no?, que Emiliano Zapata no haya de morir jamás.

Emiliano IX

Los chismes corren a velocidades insospechadas. Parece que fueran a caballo, pero no en uno cualquiera: los chismes cabalgan en potros desbocados.

Cuando Emiliano, Eufemio y el Negro pudieron ver su casa, supieron inmediatamente que sus padres ya estaban enterados de todo santo y toda seña. De otra forma no podían explicarse que los estuvieran esperando en la entrada, fingiendo tomar "el fresquito de la noche" y sentados en un incómodo tronco de árbol.

Miliano se guardó la carta, aunque ya le andaba por empezar a leerla; tendría que esperar a poder estar solo para enterarse de lo que Lola le había escrito.

—¿Cómo les fue? —preguntó don Gabriel como quien no quiere la cosa.

—Bien —contestó el comunicativo de Miliano.

—¿Bien?, ¿bien? ¿Cómo que bien? A ver, diantre de muchacho, todo el pueblo ya se pasó por aquí para darnos santo y seña y tú, que eres el que debería, no nos platicas nada —dijo doña Cleofas perdiendo, de plano, toda la discreción que había planeado.

—Pues... este... pues... —Emiliano se rascaba la cabeza y no atinaba a hallar, en todo su diccionario mental las palabras justas para comenzar su relato.

—¿Es cierto que le salvaste el pellejo al escuincle ése? —preguntó don Gabriel tratando de ayudarle a su hijo a encontrar la punta del hilo que desenmarañara la madeja.

Pero como Emiliano continuaba sin poder animarse, Eufemio se soltó con un río de frases que fueron armando la historia completa, no paraba más que para tomar un poco de aire y continuar.

De vez en cuando Miliano lo interrumpía, pero como en las historias de heroísmo nadie quiere escuchar "no fue para tanto", "¿cuál toro? Si parecía casi un becerrito", "que sea menos", era silenciado rotundamente.

Cuando los Zapata se cansaron —Eufemio, de hablar, doña Cleofas de abrazar a Miliano, don Gabriel de pedir detalles y el héroe de ponerse rojo—, el padre de familia anunció:

—Ya va siendo hora de acostarse.

Cleofas y Eufemio obedecieron inmediatamente porque el cansancio se les había instalado ya en los párpados y no les dejaba aliento ni siquiera para rezongar a gusto.

Bajo la noche estrellada de Anenecuilco, sentados sobre el mismo tronco, todo aquel que se fijara un poquito podría haber visto dos siluetas: las de don Gabriel y su hijo.

De una de las dos figuras se desprendía una lucecita roja: era el cigarro que fumaba el papá de Emiliano. Se quedaron los dos sentados ahí, sin decir palabra alguna; que a veces no son necesarias.

De pronto don Gabriel le entregó a su hijo lo que él creía era la calidad de hombre hecho, derecho y formal con un simple gesto: le ofreció uno de sus cigarros.

—Mira, Emiliano, para ser hombre no hay necesidad de emborracharse, ni de andar presumiendo, menos de soltar bravuconadas, lo que se hace se hace, no se anda platicando. Lo único que hace falta, hijo, es el respeto para todo y para todos, comenzando por uno mismo, y ése ya me demostraste que sí lo tienes. Sólo falta que siempre recuerdes que somos iguales, pobres o ricos, hombres o mujeres, prietos o amarillos, todos somos gente. No te dejes hacer menos por nadie, pero tú tampoco lo hagas. No pases por encima de nadie, pero tampoco agaches la cabeza. Te tocó nacer pobre y vas a tener que trabajar mucho. Hazlo, trabaja hasta que te duelan los huesos y luego pelea con uñas y dientes para que nadie venga a quitarte el fruto de tu esfuerzo.

Don Gabriel hizo una pequeña pausa y prosiguió:

—Tú no eres como los demás, Miliano, ni como tus hermanos, ni como tu madre, ni como yo ni como nadie. Tú vas a hacer algo grande. Hazlo bien, muchacho, que no se te confunda la cabeza, que estés donde estés y hagas lo que hagas, no te olvides jamás de que no estás solo, por ahí, donde quiera que voltees, anda Dios que te cuida, y que también yo, vivo o muerto, sigo siendo tu padre y voy a pedirte las cuentas bien claritas.

Luego se quedó callado.

Emiliano nunca se había imaginado que el día en que se hiciera mayor iba a sentir ese escalofrío recorriéndole el cuerpo; no pensaba que el sueño de "hacerse grande" podía llegar a ser, también, esa fila de responsabilidades que su padre le regaló junto con aquel primer cigarro.

—Gracias, papá —sólo eso tuvo a bien decir, aunque lo que de verdad estaba deseando era correr a abrazar a su viejo.

—De nada, aunque el próximo que te fumes lo compras tú, y ni creas que vas a poder fumar en mi presencia —dijo sonriente don Gabriel, cortando de tajo todo el sentimentalismo que pudiera quedarle al asunto.

—¡Pero, papá! —protestó Emiliano, quien ya se veía con el cigarrote prendido enfrente de su padre.

—¡Qué papá ni qué paraguas!, diantre de mocoso. Y ni se te ocurra decirle a tu mamá que yo te ando dando cigarros y que sabes fumar —advirtió don Gabriel—. A ver, ¿dónde están los costales que te ganaste? —preguntó don Gabriel para cambiar de conversación.

—¡Se me olvidaron! —contestó apenado Emiliano.

—¡Ah, qué muchacho tan distraído! A ver si mañana te regresas por ellos. Y yo que ya me estaba sintiendo orgulloso de ti —dijo don Gabriel y soltó la carcajada antes de meterse a la casita.

Emiliano se quedó sentado en la oscuridad, sonriendo mientras pensaba en las palabras de su padre.

Yo no sé si fue precisamente esa noche cuando Emiliano descubrió que en su destino estaba preparándose algo de tanta importancia. Vayan ustedes a saber, pero seguramente no, porque de haber sido así quizás habría salido corriendo a esconderse, o a lo mejor a tomar las armas desde antes.

Ahora a Emiliano sólo le quedaba un problema: ¿cómo iba a hacerle para leer la carta de Lola? Esperar al día siguiente para abrirla era demasiada espera que no estaba dispuesto a soportar. Pero la noche cerrada de nubes no le dejaba otra opción.

Como las ansias no lo dejaban en paz, decidió correr el riesgo de despertar a toda su familia y se metió a la casita, muy quedito, por el quinqué.

Lo prendió, se acomodó como mejor pudo y ya estaba listo para enterarse, finalmente, de lo que Lola le había preparado. Algo le decía que su novia no iba a darle buenas noticias. Al abrir el sobre se encontró con lo siguiente:

Querido Emiliano:

Estoy escribiéndote esta carta desde mi cuarto, encerrada entre estas tres paredes y un ventanal donde he pasado la mayor parte de mi vida.

A lo lejos oigo cantar a los grillos, escucho el ruido del molino de la caña, las voces de los peones, las pisadas de mi padre. Oigo que allá afuera está la vida que tú me enseñaste.

Gracias por eso, gracias por dejarme salir del encierro, y no hablo del de mi casa, sino de la cárcel donde mis bobas ideas me tenían metida.

Yo no sabía que el mundo podía ser como es. Así me gustó, me gustó mucho, y por mostrarme un pedacito voy a quedarte agradecida toda la vida.

Estar siempre enferma y metida en la cama es una forma muy cómoda de vivir, pero no es de verdad, es como estar clavada en una existencia de a mentiritas.

Tú y yo somos muy diferentes. Tú haces las cosas, yo me espero a que caigan del cielo o me las traigan mi Yaya o mis padres. Tú eres valiente y yo soy muy cobarde.

Emiliano, esta carta la estoy escribiendo para decirte que ya no somos novios. Pero no vayas a creerte que esta decisión la tomo porque mi papá me lo ordenó o por culpa de esas bobadas que andan diciendo por ahí de que yo soy rica y tú eres pobre.

No, estoy dejando de ser tu novia porque antes de ser "algo de alguien" quiero ser verdaderamente yo. Necesito sa-

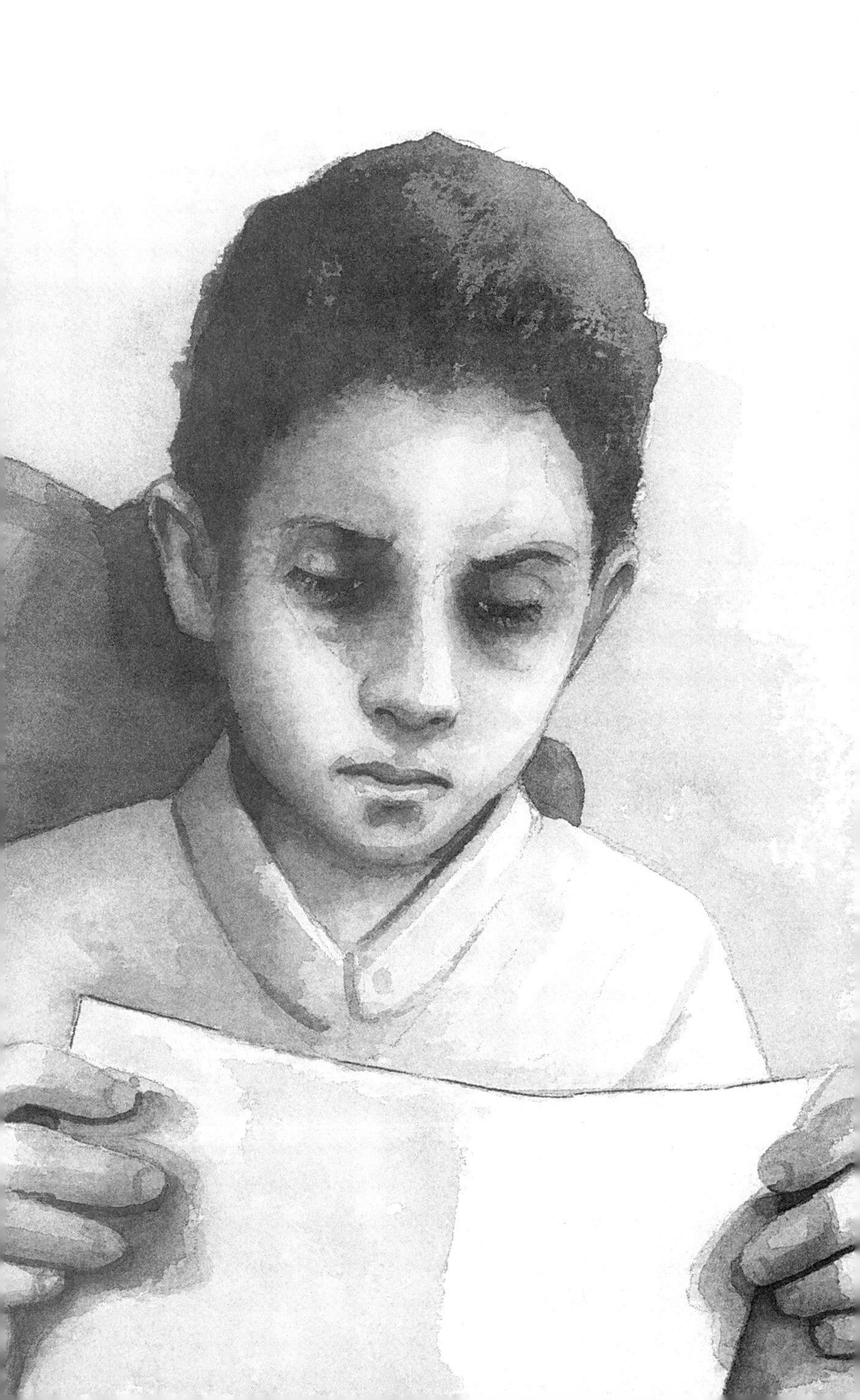

ber quién es Lola y lo que de ese descubrimiento salga, se me hace que de todos modos no te va a convenir porque soy muy tonta.

Mi mamá me dijo que quería mandarme con sus primas de la capital para que estudie allá, dice que aquí las escuelas son muy malas y quién sabe cuánta cosa más.

Cuando me lo dijo la primera vez, hasta lloré del coraje porque sabía que lo único que estaba buscando era alejarme de ti. Pero ya he tenido tiempo de pensarlo mucho y le dije que sí.

Cuando me manden a la capital voy a estar lejos de todo lo que he conocido y se me hace que eso es todo lo que necesito para curarme de todas mis enfermedades. Voy a ver qué se siente vivir sin que mis papás me estén diciendo qué hacer a cada minuto del día.

Me voy en tres semanas, y como además ya rompí contigo mi compromiso, quiero pedirte que no vayas a meterte en un lío por querer buscarme. Ya sé que eres un atrabancado y no se te puede frenar, pero no se me da la gana que andes de revoltoso por culpa mía.

Yo veré la forma de buscarte antes de irme, al cabo que mis papás ya están mucho menos encorajinados desde que les dije que sí tengo ganas de irme con mis tías.

¿Alguna vez cuando fuimos novios te dije que te quiero mucho y que creo que eres muy guapo? Pues no me acuerdo pero yo creo que no. Pues ahorita que ya no lo somos te lo digo porque encima de todo, ni siquiera puedes ver que me estoy muriendo de la vergüenza.

Gracias, muchas gracias por todo lo que me enseñaste, lo que me dijiste y lo que te callaste.

Te quiere y te va a recordar hasta que se muera de viejita,

Lola

Al terminar de leer la carta, Emiliano no supo qué hacer. Nunca antes había tenido novia, así que tampoco se había visto en esta situación de ser rechazado. No estaba enterado de qué era lo que debía hacerse en estos casos. ¿Llorar? ¿Llevarle serenata?

Lo raro es que no estaba triste, finalmente se había cumplido su deseo de que el asunto del noviazgo terminara por decisión de alguno de los dos y no de alguien externo.

Ahora que ya tenía hasta el permiso del papá, resultaba que Lola ya no quería ser su novia. "¡Es que las mujeres son...!", pensaba Miliano, pero ya se sabe que los hombres son más o menos brutos, así que jamás le pasó por la cabeza que toda la carta de Lola fuera mentira.

No es que no quisiera ser su novia, sino que ella sabía perfectamente que nunca podrían estar juntos por todos esos líos de tierras de los que ellos no eran culpables, pero en donde estaban metidos hasta el cuello.

Lola, a pesar de su inexperiencia e ingenuidad, supo que lo único que conseguiría era meter en problemas a Miliano si continuaba terca con seguir viéndolo, así que le mintió. Le dijo que ya no quería ser su novia y que se iba gustosa a la capital, pero ninguna de las dos cosas era cierta.

Sin embargo, Emiliano nunca lo supo, muy héroe y toda la cosa, pero seguía siendo hombre y ellos, ya se sabe, nunca podrán entender a las mujeres.

A Emiliano le daba coraje la partida de alma que se había dado por ver a Lola y que no hubiera servido de nada, "¡de haberlo sabido!", pensaba.

Pero a mí se me hace que si lo hubiera sabido, de todos modos habría hecho lo mismo, ¿no creen ustedes?

Epílogo

Al día siguiente de la fiesta y ya sin novia, Emiliano fue a recoger los costales que se había ganado en la carrera. Llevaba con él dos esperanzas: la primera era que nadie se hubiera llevado "por equivocación" sus frijoles y su azúcar; la segunda era ver a Lola, aunque fuera de lejitos. Ambas se le cumplieron.

Ella estaba sentada en el portal de la casa grande, leyendo sobre una mecedora de palma y acompañada por la Yaya. Las cosas habían vuelto a su sitio y eso le devolvió a Miliano un poco de alma a su cuerpo, por lo menos ya habían perdonado a la Yaya.

Emiliano estaba temeroso de acercarse, no tanto por la autorización que ya tenía, sino por la reacción que podría tener Lola si después de romper con él iba a verla ¡hasta su casa! Pero hubo algo que le despejó las dudas. Sorpréndanse: ¡el mismísimo papá de ella!

—¿Qué? ¿Vienes por los costales o por mi hija? —preguntó el hacendado sin bajarse del caballo.

—Por los dos, señor —contestó Emiliano.

—Pues yo que tú, primero iba a ver a Lola, para no andar cargando. Nomás te encargo que no te tardes mucho, porque ya es tarde y al rato comienza a refrescar y Lola va a tener que meterse a la casa para que no se enferme —dijo el señor y siguió su camino.

Así que ésa y casi todas las tardes hasta que Lola se marchó a estudiar lejos de Anenecuilco, Miliano fue a visitarla. Casi siempre la encontraba con la Yaya, pero ésta desaparecía como por arte de magia y no volvía hasta que el papá decidía que la visita había terminado.

Platicaban mucho, muchísimo, hasta parecía que el tiempo se había detenido, pero no era así.

Lola se fue y Emiliano se quedó con su familia, sus amigos, sus quehaceres y sus recuerdos de haber sido el novio de la hija del patrón. Nunca volvieron a verse.

Eufemio, Chico y Emiliano nunca se separaron, tuvo que morirse uno de ellos para romper la amistad, y ni así, porque no hubo día en que no pensaran en los otros.

¿Emiliano Zapata? Se me hace que de él no tengo que explicarles mucho, pero lo hago por si a alguno se le ha olvidado:

Se convirtió en el Caudillo del Sur, organizó una revolución y levantó no sólo la voz y las armas, sino también la fe que su gente había dado ya por perdida.

¡Zapata vive! ¿Han oído eso? Seguramente sí, y es cierto, hay que reconocer que a veces también resultan ciertas las frases que, como ésta, se han repetido hasta la saciedad.

Zapata vive porque los ideales que representó siguen estando vigentes, creo que lo estarán siempre. Hay muchos todavía que no saben de tierra y menos de libertad.

Lo más maravilloso de este hombre es que le puso palabras a lo que muchos querían gritar, por eso vive, habita en el recuerdo permanente de las esperanzas de muchas personas: de los soñadores.

Los héroes de los libros fueron, antes que nada, hombres; Emiliano no era la excepción. Cometió errores, tuvo muchísimos tropiezos, pero también alcanzó la grandeza.

Lo único que quiero decir es que el "Indiano del Sur" no es nada más un retrato en los libros, es una persona, una muy especial, pero en lo absoluto una simple estatua o monumento que sólo sirve para rendirle honores.

Basta con saber lo que se quiere, basta con respetar esa idea pese a rayos, truenos y nubarrones, basta con defender la vida y la dignidad humanas por encima de cualquier otra cosa. Con eso es suficiente, del resto ya se encargarán los que decidan platicar nuestra historia.

Índice

Guillermo Samperio

Fue director de literatura del INBA, ha hecho guiones para TV UNAM y Canal 22, y escrito en periódicos. Ha recibido varias distinciones, como el Premio Instituto Cervantes de París dentro del Concurso Juan Rulfo 2000 de Francia, entre otros. También imparte talleres para todo el que anhele ser escritor. Pero lo más importante es que sus obras son muy divertidas y hacen reír mucho. *Emiliano Zapata, un soñador con bigotes* es su primer libro en esta editorial.

Aquí acaba este libro
escrito, ilustrado, diseñado, editado, impreso
por personas que aman los libros.
Aquí acaba este libro que tú has leído,
el libro que ya eres.